秦岭望长安

桂维民 ◎ 著

雷珍民

陕西新华出版
陕西人民出版社

图书在版编目（CIP）数据

秦岭望长安 / 桂维民著 . -- 西安：陕西人民出版社，2025. -- ISBN 978-7-224-15747-5

Ⅰ . I227

中国国家版本馆 CIP 数据核字第 2025Q3403R 号

责任编辑：石继宏
整体设计：赵文君
封面供图：万　鼎

秦岭望长安
QINLING WANG CHANG'AN

作　　者	桂维民
出版发行	陕西人民出版社
	（西安市北大街 147 号　邮编：710003）
印　　刷	西安新华印务有限公司
开　　本	787 毫米 ×1092 毫米　1/16
印　　张	36
字　　数	286 千字
版　　次	2025 年 1 第 1 版
印　　次	2025 年 1 月第 1 次印刷
书　　号	ISBN 978-7-224-15747-5
定　　价	98.00 元

序一

诗拥大秦岭

刘维隆

地理是文化之母,诚哉斯言,秦岭就是一个确证。作为远古以来中国大陆地理构造成形中最为重要的肇始者与统领者,大秦岭一山携两水(黄河、长江),身托七省市,雄踞国中央。和合南北,连接东西;中央水塔,泽被天下。以"中国脊梁"之名,被推崇为华夏大地的龙脉父亲山。

秦岭之大,不只是地理生态之使然,更在于他滋养的中华文化和精神文明之博大,其涉及民族根脉、思想源流、宗教圣迹、人文景象、盛世都城、经世济民、丝绸之路、民族交融、山水情怀、红色足迹等等多个方面,俨然绘制成中华民族生成、演进,以及创新发展的一幅幅历史长卷。其所凝聚的文化深度、高度和广度，使大秦岭地区业已形成中华文化多元一体且最具综合性、代表性的核心文化圈，当之无愧地成为中华文化的基因库和重要象征。

龙脉是生态之母，地理之象，亦是文化之象、文化之脉。文化是秦岭之魂，"圣"山之圣。身为秦岭子民，须做龙的传人，秦岭是我们万世景仰，学之不尽、习之不竭的至圣先师。他那广袤山川，城郭村野所蕴含的神韵余响是我们民族的精神血脉和无穷力量。秦人依山而居，更有一种恋父情结，父山当为教，赤子恭学敬，耕耘不辞苦，心获尤厚重。柳青先生的一部《创业史》，山川之间苦苦奋斗，激荡起多少历久弥新的精神回响；忠实先生将秦岭脚下的白鹿原写成了一部活生生的民族秘史；平凹先生以山为命，山本山民山传奇，硬是"将自己写成了一棵秦岭山中的小树……"（贾平凹语）。

中国自古就有"望于高山，遍于群神"的传统，以山为祖，名山而立大国，遂成天人合一。"江山就是人民，人民就是江山。"山高水长，民之所望矣。

诗拥大秦岭，维民走在前。我在这里用"拥"（拥抱、拥戴）而非"咏"（吟咏），是因为咏者无数，佳作多多，而其能遍历山川，劳思行吟，以自己的全部身心拥抱、拥戴秦岭，礼赞秦岭、独立成篇，以诗情画意融于书卷中，为"大秦岭"咏叹者唯其少见。从秦岭四峰终南山到伽蓝寻幽古刹寺院，从乐游原踏青到古道探赜，从秦岭野趣到国风丝路文化，从长安即兴起到秦地祖脉，无一处不亲历，无一篇不尽兴，华彩流溢，情寄河山，充满了对大秦岭的热爱和礼赞。如此深广游历，诗情吟唱，让人不由得想起"子规夜半犹啼血，不信东风唤不回"这句诗的意境，勾起绵绵思绪……

问君何来此功力？这首先得益于他充沛旺盛的精力和勤奋高产的

秦岭（张文庆/摄）

诗才。与之外出偕行时，一天鞍马劳顿后，众人皆已休，唯他挑灯夜战，隔早就是一首行吟诗，令人好不惊羡。他能如此倾心关注大秦岭，经年乐此不疲，又与其长期工作奔走在长安—南山之间，修心悟道，广结情缘密切相关。但在我看来，更为重要的是，他已将这份情缘上升到宏大的理性认知层面，如今的大秦岭必然成为国家生态、发展、安全三位一体的重要战略区域。五年前，我们就此话题酣畅淋漓地热议，之后又多次建议提案，一起劳心费力，正是为大秦岭鼓而呼的家国情怀和事业担当，铺厚了其绚丽诗篇的思想底蕴，才使得诗拥大秦岭体现出非同一般的格局和魅力，这也是我要特别推崇他为"秦岭诗人"的深层缘由。

对于诗评，我不在行，但也在读诗的实感中，自己总结出"三有"评判的尺度，一为立意有神，二为真感有情，三为遣词有韵。神为骨而定格调，情为血而激浪涌，词为脉而韵律行，三位一体，方为诗品。其中尤以诗力所达，思情为重。维民的诗词均为实景写作，临境生发，立意高迈，真情实感，韵味悠长。且看开篇之作《诉衷情令·终南山》："登临秦岭共遥看。南北两分川。绵绵岁月如梦，沧海变桑田。峰未老，水潺潺。望青天。风云万里，俯仰人生，情寄河山。"寄托了之于秦岭与人生的多少况味和情感。这些诗作中，叙景写神，怀古感思者有之；咏叹风物，壮怀激烈者有之；途中记趣，感悟文化者有之。缤纷百余首，可谓篇篇有灵秀，真意诉胸襟，清韵词中留。

正如人所言，能把内心涌起的最高浪花记录下来的，唯有诗词。况且维民写的全是文字凝练、格律谨严的近体诗与词，光是用到的词牌就有三十多个。若未下深功，谁人可及，我等只好"望诗兴叹"了。问其作诗缘起，除了早年学养与积累之外，真正专攻的也只是他从人大岗位上退下来的数年时间，让人敬佩之余，心生感慨。诗歌是人生

仰望东方（王启文/摄）

青春的事业，这不正是维民花甲之后迎来人生第二春的见证吗？

　　这本诗集还有一个特点，更是一种创新，就是诗词配有会强等多位丝路影像研究院的摄影家光彩绚烂、精湛专业的摄影作品，诗情画意，珠联璧合，图文并茂，上升到一种综合美学的意境，充分调动起读者的观感、情思和想象力。同时每首诗都附有景点的概述链接，不仅增添了关于大秦岭的知识点，而且给人一种探求寻觅的向往与冲动。古时文人学士游历山川，赋诗题壁，留下不少墨迹让后人仰望。而今步入信息时代，一本诗集在手，光影链接俱在，不但可尽享诗画之陶冶，而且可获得丰富的信息，比之古人，我们确实要幸运多了。

　　雪后放晴，搁笔推窗，终南山群峰层峦的身影已然隐约可见。大秦岭啊，你在我们心中，就是与天地同辉般的神圣。一元复始，万象更新，祈愿即将浩荡而来的春风，为你融冰拂尘。那拥入你怀抱的第一声礼赞，就是杜鹃为你送去的这份深情的诗意长鸣。

2024 年 2 月 28 日

（作者系陕西省第十一届人大常委会副主任、省慈善协会原会长）

序二

在千里万重山中追逐唐风宋韵

李　浩

桂维民先生新著《秦岭望长安》即将付梓，我有幸先睹为快。

桂先生的专业是危机管理，同时兼任陕西中国西部发展研究中心理事长，工作之余，好诗文，喜吟咏，经常招俦邀侣，唱酬寄兴，已出版诗词集《行吟录》《丝路寻踪》《古韵新咏》《乡愁月千里》等。先师霍松林先生曾为桂维民先生的诗集《丝路寻踪》题序，称赞其"展开形象思维之翼，以白描的手法，缘景纪实，直抒胸臆，一路纵情放歌"，老师的话讲得很切实。刘维隆先生在为桂维民新著《秦岭望长安》作的序中也以"三有"为评判桂诗的尺度：即一为立意有神，二为真感有情，三为遣词有韵。对原作体会深入，展开很多，确实是维民先生的吟咏知音。

我在拿到本书电子版后，就开始阅读。本书给我印象最深的有以下三端：

首先，观察视角独特新颖。

本书的书名《秦岭望长安》很有特点，卷首词《风入松·秦岭望长安》中申明了此义，维隆先生以《诗拥大秦岭》为序，也对此做了抉发："诗拥大秦岭，维民走在前。我在这里用'拥'（拥抱、拥戴）而非'咏'（吟咏），是因为咏者无数，佳作多多，而其能遍历山川，劳思行吟，以自己的全部身心拥抱、拥戴秦岭，礼赞秦岭、独立成篇，以诗情画意融于书卷中，为'大秦岭'咏叹者唯其少见。"近年来，由于国家的重视，谈论大秦岭，吟咏大秦岭，图绘大秦岭的确实不少。但是，将秦岭与古都西安联系起来谈的还是比较少，所以维民先生的这个书名以及书里的内容给了我深刻的印象。

秦中自古帝王州。西安作为十三朝古都，特别是周秦汉唐四个鼎盛王朝的都城，其实大家也谈得不少了。但结合现代城市发展谈得较少。尤其是国务院发布最新批复，原则同意《西安市国土空间总体规划（2021—2035年）》（以下简称《规划》）。《规划》确定西安的城市定位是：陕西省省会，西部地区重要的中心城市，国家历史文化名城，国际性综合交通枢纽城市，国家重要科研和文教中心。《规划》确定西安的功能是：西部经济中心、科技创新中心、先进制造业基地、对外交往中心以及国际旅游目的地。有人将此概括为"三中心两地"，即西部经济中心、西部科技创新中心、西部对外交往中心，西部先进制造业基地、国际旅游目的地。《规划》进一步明确了西安作为华夏文明代表城市的定位。

终南之台（王启文/摄）

维民先生此书写作较早，不可能未卜先知。但是陕西与西安的有识之士，很早就曾提出过，西安要发展，必须破除"皇城"思维，要从城墙外看西安，更要站在秦岭上看西安，从城市管理和事业发展的角度看西安。省市干部的观念这些年已有很大改观，但在诗文创作上能不断地突破圈层，跃迁认知，还是很有限的，而维民先生则能先着一鞭。唐人祖咏《终南望余雪》："终南阴岭秀，积雪浮云端。林表明霁色，城中增暮寒。"虽然是因诗题要求，但作者能将终南与长安城糅合到一块，突出秦岭山上的积雪和长安城中的暮寒，确属巧思。

其次，以行读的步态深入秦岭。

近年来我很喜欢引用金人元好问《论诗三十首》其十一："眼处心生句自神，暗中摸索总非真。画图临出秦川景，亲到长安有几人？"元好问所生活的时代，山河破碎，南北阻隔，东西暌违，从大的背景来说，即便文人都想来汉唐故地秦川旅游，也未必能实现，所谓非不为也，是不能也。加之，文人积弊，顺口用典，驰骋文字，想象而已，不一定对现地做过考察。但行读也是中国文化的一个优良传统，司马迁写《史记》，裴矩写《西域图记》，玄奘写《大唐西域记》，柳宗元撰《段太尉逸事状》，杜环写《经行记》，沈括撰《梦溪笔谈》等，都是在行读的过程中完成的，所以有"读万卷书，行万里路"的说法。

关于这一说法，过去多说是顾炎武《日知录》所说，现在一般说是出自董其昌《画禅室随笔》：

昔人评大年画，谓得胸中万卷书。更奇，又大年以宗室不得远游，每朝陵回，得写胸中丘壑，不行万里路，不读万卷书，欲作画祖，其可得乎？

画家六法，一气韵生动。气韵不可学，此生而知之，自有天授，然亦有学得处。读万卷书，行万里路，胸中脱去尘浊，自然丘壑内营，立成鄄鄂。

虽然董与顾两位都是明代人，但董其昌（1555—1636）万历十七年（1589）中进士，顾炎武（1613—1682）明末为诸生。董比顾大58岁，董中进士时，顾还没有出生。当然，董说这话时，谈的主要是绘画创作。顾引这话时则扩大到学术人生的各个方面，各自强调的侧重点还是不同的。

近年来，历史地理学家侯杨方行读丝绸之路，简锦松教授利用GPS（全球定位系统）等高科技技术走读唐诗现地，历史学家罗新行读从元大都到元上都的旅程。桂维民先生除行读秦岭外，还曾与著名秦汉史专家王子今、出版家马来等6次考察黄河上中下游两岸的历史人文。

行读应该是桂维民系列作品的一个突出特点，他的《丝路寻踪》也是在沿着丝绸之路长安—天山廊道（中国段），历时24天，行走25000千米的基础上写成。

对于本书，作者在自序中道："这些年，我一路走来，边行边吟，在三秦大地上留下了自己行走的足迹和寄情山水的诗行，尝试着用古韵新调来表达对这片古老而神奇土地的深深眷恋之情。"刘维隆先生也具体罗列了桂维民的履旅行踪："从秦岭四峰终南山到伽蓝寻幽古刹寺院，从乐游原踏青到古道探赜，从秦岭野趣到国风丝路文化，从长安即兴起到秦地祖脉，无一处不亲历，无一篇不尽兴，华彩流溢，情寄河山，充满了对大秦岭的热爱和礼赞。"

其实清代已经有人对前引董其昌等人的说法提出另外的见解："人谓'读万卷书，行万里路'，可以通古今，贯天地，无所不能。予以为

孤峰残阳（王启文/摄）

非也。读万卷书，增知也；行万里路，广闻也。然于识无丝毫长也。夫识，悟之心而得之道者也。"（空空主人《岂有此理》）维民先生的游踪也显示出，他在行读的同时，还能"悟之心而得之道"，有判断、有见识，有景语，也有情语。

再次，图文并置互映。

本书还有一个突出的特点，就是图文配合，互相阐释。桂维民先生与刘维隆先生在序中均提到此点，我同意他们两位的看法，但同时认为，诗画并置的意义还不仅于此，我愿意再补充三层微意：

首先，据说现在已进入了读图时代，大家的阅读习惯已有很大的变化，故古典时代的左图右史，无缝对接了数字时代的图文并置。当然本书中的图和画不是一般的插图，而是多位著名摄影艺术家和画家与诗人一块，对同一题材的同题创作。

其次，诗画并置，便于比较，诗画体裁各自的艺术天花板和表现盲区，可以从姊妹艺术中得到突破，实现延展，完成补充。比如，我们从诗歌中理解到的空间和色彩，都是想象的、间接的，而从摄影和绘画中所见的空间和色彩，则都是视觉可以感知到的。关于这一点，德国美学家莱辛的《拉奥孔：论诗与画的界限》，中国学者钱钟书的《中国诗与中国画》，从学理上都已讲得很透彻了，我不必再饶舌了，我要补充的是，本书对这一艺术原理做了极好的实践。

再次，诗画并置，两种文化样式同台展示，互呈特色，其实并非彼此在角力，而是诗人与视觉艺术家通过各自的勤奋努力，奉献两类不同的精湛作品。互相配合，彼此穿插，共同构成书籍艺术的和声。

本书篇幅较大，内容多样，涉及的景观和话题也很多，隽永的诗与华美的画如精金美玉，琳琅满目，我的知识面较窄，阅读速度也较慢，像一只蜗牛爬一爬、停一停，只能就初步阅读的一些粗略感受谈谈，未必搔到痒处。我对本书导游式的介绍是否属实，还要请作者和广大读者指正。

2025 年 1 月 26 日（农历腊月廿七）草于西大居安路寓所

（作者系西北大学中国文化研究中心主任、中国唐代文学学会会长）

自序

走进秦岭

桂维民

秦岭巍峨雄伟，逶迤险绝，山河环绕。2020年4月，习近平总书记在陕西考察时强调，秦岭和合南北、泽被天下，是我国的中央水塔，是中华民族的祖脉和中华文化的重要象征。这充分彰显了秦岭的重要地位。

秦岭，是远古以来中国大陆构造成形中最为重要的肇始者与统领者。大约6亿年前，如今秦岭所在的地方还是一片汪洋大海。地质学家称之为古秦岭洋。在古秦岭洋的两岸，一北一南分别属于华北和扬子两个地理板块。秦岭早期主要受到这南北方向两个板块的碰撞挤压，形成了东西走向的基本格局。

后来，又发生的阿尔卑斯造山运动（包

括印支运动、燕山运动和喜马拉雅运动），从西南方向又加入了来自印度洋板块北移的强大力量，推动阿尔卑斯—喜马拉雅褶皱带在欧亚东西向的先后崛起，使贯通欧亚非三大洲的古地中海大大缩小，全球的大陆和海洋才形成了如今这种模样。

在大约4亿到8000万年前的一系列地球构造运动中，秦岭由东向西逐渐升高，它不仅"缝合"了中国大陆的南北两大板块以及西部包括昆仑山在内的青藏高原，而且也统领着中国的东部和西部，将中国的第三、第二和第一级阶地紧密连接起来，把东西南北陆地结合在一起，呈现出一个完整的中国大陆的样貌。

秦岭，是最早的昆仑。秦岭先于昆仑山从海洋中崛起，并与昆仑山走向一致，两者横贯为一体，东西长4000余千米，古时的昆仑山主要是秦岭山脉。地质学中就有"秦岭就是原始昆仑"的说法。

在秦始皇统一中国之前，秦岭一直被称为昆仑、南山和终南山；直到东汉班固在《两都赋》中首次用"秦岭"取代了"南山"和"终南山"。其中，《西都赋》中有"睎秦岭，睋北阜"之语，《东都赋》中有"秦岭九嵕，泾渭之川"。

先秦地理文献《禹贡》，将天下分为九州。自唐朝开始，天文地理学家僧一行所倡"天下山河两戒"说，一度主导着中国人对天下山水格局的理解。在此基础之上，后世出现了华夏地理环境的"龙脉说"：秦岭为北龙和南龙之间的中龙，即中央龙脉。

秦岭，有广义和狭义之分。广义的秦岭（亦即北中龙的大秦岭），涉及陕、甘、青、豫、鄂、川、渝六省一市。它西起甘肃的白石山，中经陇南、陕南，东至鄂、豫，包括秦岭和巴山山脉、西倾山脉及岷山山脉的一部分，是横贯中国中东部，呈东西走向的中央山脉。大秦岭东西约1600千米，南北200—300千米，面积约41万平方千米，

万峰来仪（王启文/摄）

这一区域辐射关中城市群、兰西城市群、成渝城市群、长江中游城市群、中原城市群这五大城市群，涉及人口约4.35亿。分布着众多自然生态保护区，包括世界自然遗产、世界地质公园、国家公园等，是我国重要的森林绿肺和生物基因库。

狭义的秦岭，指位于陕西省境内的山脉。处于北纬32°—34°的关中平原和南面的汉江谷地之间，东西绵延400—500千米，南北宽达100—150千米。关中盆地"四塞以为固"（《史记·刘敬叔孙通列传》），即东函关、西散关、南武关、北萧关，其东南西三塞均有秦岭山脉，呈蜂腰状分布，东、南、西各分出数支山脉，其中东部呈手指状，向东南展开。从北向南依次为华山、王顺山、骊山、莽岭、流岭、鹘岭和新开岭等，海拔在1500—2600米；南段为终南山、太白山、鳌山、首阳山、草链岭等，海拔在2500—3700米；西翼为大散岭、凤岭、紫柏山、岐山、杜阳山和陈仓山等。这些山岭海拔在1500—2600米。

秦岭，和合南北、泽被天下，是我国自然的南北分界线和中央山脉。1908年，地理学家张相文在《新撰地文学》中提出以"北岭淮水"作为中国南北分界线。人们经常把南北的不同特点形象地概括为"南舟北马"或"北雪南桃"。整个秦岭分布着大大小小的河流及山岭沟峪20多万条，是嘉陵江、洛河、渭河、汉江这4条河流的分水岭，北麓的河流进入黄河水系，南坡的河流基本成为长江支流。事实上，在中国的版图上，大秦岭—昆仑山就是一条东西横卧的中央山脉，也是地理意义上的中国脊梁。

秦岭，是一座父亲山，牵起两条母亲河。秦岭与黄河、长江，共同建构出神奇的"一山两河"地带，这是大自然造物主创造出的世界地理奇迹，也是最鲜明的中国地理标识。登上延绵不断的秦岭分水岭，极目眺望，南北尽收眼中。正如《我的南方与北方》中的咏叹："我的

云横九派（王启文／摄）

南方和北方相距很近，近得可以隔山相望；我的北方和南方相距很远，远得难以用脚步丈量。大雁南飞，用翅膀缩短着我的南方与北方之间的距离；燕子归来，衔着春泥表达着我的南方与北方温暖的情意。"一座秦岭山，半部中国史。秦岭是中华民族根柢，祖先诞生于此，民族形成于此，历史开端于此。

秦岭，是中华民族繁衍与文明初创的根脉之地。从距今204万年的巫山猿人到蓝田猿人、半坡遗址及杨官寨、二里头、三星堆等，形成较为完整的文化链条，印证了人类源自山林，走向江河的进化历程；华胥、伏羲、女娲、炎帝等源自秦岭的神话，则存续着文明肇始的记忆。华夏文明，绵绵瓜瓞五千年，有着"华夏之根"之称的华山，就极具象征意义。秦岭是中原、西域、东瀛和南疆诸多民族、文化、宗教相互碰撞交融的区域，复杂多样的地理环境滋育了多元文化的发展，涉及汉族、羌族、契丹、吐蕃、鲜卑、吐谷浑等多个民族。据专家学者考证，古代华夏文明主要聚集在以华山为中心的方圆500千米范围内。秦岭成为中华民族和地域文化交融生发的根脉和统领地。

秦岭，是中华核心价值思想的发源地。以《周易》《周礼》《尚书》《诗经》《楚辞》等典籍为代表，皆发轫于此，并为中华文明奠基。春秋战国，诸子传学于终南。商鞅变法于秦国，秦始皇终成一统天下。汉武尊崇儒术，老子布道楼观，鸠摩罗什译经草堂，佛教七大祖庭（含禅宗少林寺），使秦岭成为生道融佛之地，促成了儒释道互融共存于华夏。自西周以来，秦岭汇聚贤才，融贯百家。历经秦岭山水2000余年的淬炼与涤荡，中华核心价值思想在这里大浪淘沙，沉淀荟萃，铸就精华，秦岭成为思想文化争锋碰撞的核心舞台，是孕育我国"天人合一""合和天下"哲学思想的摇篮。

秦岭，是中华民族伟大复兴的文明赓续之地。周秦汉唐横空出世

秦岭（张文庆/摄）

于秦岭脚下,是中华文明生长的轴心地带,形成了影响东方乃至世界的都市文明。秦岭地理枢纽与古道丝路相辅相成,是古丝绸之路的东方起点,堪称中华民族文化融合的基因库和对外开放的窗口。秦岭还是爱国精神和红色文化的传承地,众多的历史遗存和革命故事,诉说着中华民族悠远的历史进程。

秦岭,"横天占半秦""青山几万重"。陕西,是大秦岭的主体部分,也曾是历史上有名的"金城千里""天府之国"。走进广义的"天府关中"(西汉·刘敬),"五纬连影集星躔,八水分流横地轴"(唐·骆宾王),这里营造出中华伊甸园和中华民族祖脉的盖世神韵——

秦岭古人类遗迹的跨度约212万年。以"亿年"计的时光,雕刻着秦岭的模样。在饱经沧桑的大地褶皱里,孕育了亚洲北部迄今所知的最古老直立人。"蓝田人"也被称为"蓝田猿人"。2018年,科学家在陕西省蓝田县发现了一处新的旧石器地点——上陈遗址。研究显示,该遗址出土的旧石器工具,可追溯到约212万年前。蓝田上陈遗址也因此成为除非洲以外目前所知最古老的古人类遗迹。

秦岭的最高海拔达3771.2米。作为中国南北分界线,秦岭庞大而绵延的山体,早已突破了通常所说的"岭"的意义。陕西省境内的秦岭中段山脉,是秦岭的主体,层峦叠嶂,地势高低悬殊,其平均海拔2000—3000米。秦岭主峰太白山,高耸入云,是秦岭山脉的最高点,是陕西省乃至我国东部大陆的第一高峰。

秦岭区域大的河流共195条。就长度和高度而言,秦岭并非中国最长、最高的山脉,但秦岭却分流了黄河水系和长江水系,以分水岭为界,北部属黄河水系,南部属长江水系,流域面积在100平方千米左右的河流有195条。从陕西境内秦岭流出的入黄支流面积在100平方千米左右的河流有15条,多年平均水资源总量达62.66亿立方米;

秦岭以南长江支流嘉陵江、丹江、汉江的分支众多，陕西境内流域面积在10平方千米的有1772条，年径流量达313亿立方米。截至2023年11月13日，南水北调中线工程已持续向北方输水3258天，累计调水量突破600亿立方米，直接受益人口超过1.08亿人，为沿线26座大中城市200多个县区经济社会高质量发展提供了有力的水资源支撑和水安全保障，而其中近80%的水资源来自秦岭。

秦岭区域生态空间面积超过89%。秦岭处于中国版图的腹心地带，是当之无愧的大秦岭生态核心所在。秦岭生态环境状况卫星遥感监测显示，秦岭陕西段拥有生态空间面积超过89%，生态功能完备，是中国顶级的生态空间。如今，秦岭陕西段森林覆盖面积已达82%，是全国最绿的区域，生态环境质量达到优良等级区域面积占比99.3%。据统计，秦岭有3839种植物，其中常绿阔叶植物有177种，中药材1119种；有哺乳动物87种、鸟类338种、昆虫1500种。

秦岭，自古以来就是骚人墨客吟唱风雅、诗词歌赋交相辉映之滥觞。从《诗经》中的《秦风·终南》《小雅·信南山》《小雅·节南山》《国风·豳风》《周南·汉广》，到汉高祖刘邦的《大风歌》、建安曹操父子的《观沧海》《洛神赋》、唐太宗李世民的《望终南山》《帝京》和诗仙李白的《登太白峰》《蜀道难》……秦岭如画，秦岭如歌，秦岭如诗，诗人笔下的山水形胜之美，帝都王气之佳，天人合一之神秘，无不展现着华夏祖脉的万千气象——

云散晴山几万重 （李忱）

眼前长似接灵踪 （薛逢）

连峰去天不盈尺 （李白）

大白终南地轴横 （杜牧）

终南阴岭（王启文/摄）

秦岭由西向东，依次是"难于上青天"的蜀道、"松峰引天影"的太白、"列翠满长安"的终南、"连天凝黛色"的华山……"秦岭意象"在中国诗歌发展史上有着重要的地位，它蕴含着地理文化、生态文化和诗歌文化的多重底蕴。

今生今世，无论是谁，成为"趔趔老秦人"，都应感到十分庆幸。在上下几千年历史上，秦人不仅据有"一山两水"的地理空间，而且独占了《诗经》的风雅和唐诗版图的高地。《诗经》305篇中，发生在陕西地域的诗歌大约有162篇。大唐三百年，留下的唐诗近5万首，很大一部分是产生在秦山和渭水汉江之间。在唐代，即使乡村野老，甚至妇人孺子，不出口成章，也能吟出时尚韵句。唐人的气度、风度、大度以及开放度和美誉度，很大程度上是从诗中而来。生活在三秦大地，尤其在长安城里，不读点《诗经》和唐诗，便不能领略陕西人文之丰厚，就难以感悟陕西为什么会成为皇天后土的代名词，会是一大遗憾。如今西安的诗经里、城墙下、钟楼旁、昆明湖畔、曲江不夜城和浐灞长安塔等处，犹如一座诗城和诗都，随处可见游人在吟诵《诗经》和唐诗。于是，这里便有了"一城文化，半城神仙"的美誉。

我在秦岭下的西安城里已生活了半个多世纪，深受这座父亲山的恩庇和汉唐气象的熏陶。这座古都长安，不仅是"秦中自古帝王州"的地理坐标，更是辉映三秦山水形胜的风水宝地。作为新一代秦人，我曾无数次走进天街小巷和终南幽境，踏访秦岭深处的山谷江流，探寻古道、庙宇等名胜，感受这里的峻岭风光、历史人文和乡情野趣带来的愉悦，时不时也会触景生情，默诵出耳熟能详的古诗词名句来，其中不少出自《诗经》和唐诗。我们可以从风雅颂中倾听陕西的前世遗韵，在秦岭望长安的目光中追逐唐诗的千古雄风……

这些年，我一路走来，边行边吟，在三秦大地上留下了自己行走的足迹和寄情山水的诗行，尝试着用古韵新调来表达对这片古老而神奇土地的深深眷恋之情，现将这些诗稿以《秦岭望长安》为题结集出版。这里的长安已成为一种意象，泛指被山带河的八百里秦川。书中精心选配了黄会强、王启文、赵居阳、李国庆、张文庆、卜杰、苟秉宸、石春兰、刘鹏敏等摄影师行摄秦岭的精美作品，以及画家万鼎、晏子和油画爱好者李雪梅等色彩明快的大作，呈现了秦岭和"金城千里"的壮美风光。感谢他们用丰富的镜头语言和丹青妙笔为拙作增辉添彩。

  拙书编撰和出版过程中，得到了良师益友刘维隆、周文彰、肖云儒、雷珍民、李浩先生等以及编辑石继宏、赵文君女士的帮助，谨向他们表示由衷的感谢！

2024 年 1 月 21 日草于唐苑听雨轩

（作者为中华诗词学会会员；曾先后供职于国防科技工业和省市领导机关；退休后喜吟咏纪行，已出版《行吟录》等四本诗集）

目　录

001　　卷首词　风入松·秦岭望长安

山水　终南览胜

005　　诉衷情令·终南山
007　　画堂春·骊山春色
010　　天净沙·秦岭四峰（四首）
023　　雨霖铃·太白仙境
026　　天仙子·玉皇顶
028　　画堂春·莲花峰瀑布
030　　浣溪沙·灵宝峡
032　　七律　关山牧场
035　　如梦令·少华山
037　　苏幕遮·光头山
040　　醉花阴·牛背梁
042　　念奴娇·营盘秋声

044		清平乐·游梦商山
046		拂霓裳·游塔云山
048		相见欢·骆家坝古镇
050		朝玉阶·鸡心岭胜景
052		满江红·七十二峪
054		七绝　秦岭野趣（二十三首）
101		七绝　九嵕山下采风（三首）
103		南山采药（词三首）
107		忆瑶姬·和长兄《秦岭印象》
110		七绝　古道探赜（十二首）

史痕　千年流韵

137		七绝　伽蓝寻幽（八首）
155		乐游原踏青（词三首）
161		如梦令·观音禅寺银杏古木
164		小重山·探秘水陆庵
167		临江仙·楼观台
169		沁园春·秦陵怀古
171		七言　秦俑博物馆
173		水调歌头·茂陵感怀
176		五律　杜邑遗址公园

178	七绝	唐陵怀古
180	七律	昭陵访古
183	七绝	谒桥陵
185	七绝	仰仁风
186	七绝	谒泰陵
188	念奴娇·马嵬驿	
190	喜春来·西安钟鼓楼（三首）	
193	殿前欢·西安城隍庙	
195	七言	登城墙有怀
198	七绝	长安即兴（八首）
214	七律	观《李白长安行》
216	念奴娇·诗酒长安九万里	
218	七绝	昆明池怀古（六首）
230	五言	春到"诗经里"
232	七绝	秦地祖脉（三十一首）
294	五绝	秦肇之路
296	宅兹中国（诗二首）	
298	七律	宝鸡石鼓
300	秋风清·申新窑洞纱厂旧址	
303	七绝	麟游春吟（三首）
309	七绝	彬州访古（三首）
315	秋风清·李靖故居	

317　　五律　三原城隍庙

319　　七绝　铜川秋行（二首）

323　　惜春郎·凭吊贾岛衣冠冢

325　　望远行·棣花古镇

327　　河满子·漫川关古镇

329　　七律　凤堰梯田

332　　七律　汉中怀古

334　　浪淘沙·追忆博望侯张骞

钟灵　长安风雅

339　　杨柳枝·柳青文学纪念馆

341　　醉乡春·读柳青遗作《在旷野里》

343　　七绝　纪念文化大师王子云先生

345　　忆少年·访路遥故居

347　　思远人·追思霍松林先生

349　　桃源忆故人·悼念陈忠实先生

351　　天仙子·送你长安怀诗彦

353　　遐方怨·秦川怀剑魂

355　　梦行云·星沉赤旅怀功昌

357　　捣练子·读贾平凹先生《丑石》有寄

359　　遥寄高建群先生（词二首）

361	七绝　读秋隆兄题桃园好友群欢聚诗
363	长生乐·贺肖先生"儒雅长安"展并祝八五寿诞
365	江城子·贺毓贤路兄《骈璜作璧集》再版
367	满江红·贺邱宗康大姐《金文形意书〈易经〉》出版兼怀星翁
369	南乡子·观刘文西先生《黄土深情》画展
371	玉楼春·赞王西京先生国粹三部曲
373	念奴娇·国风丝路
375	采桑子·贺"陕西历史文化百部丛书"出版
377	参加"关学文库"在京首发式有怀（词二首）
379	一剪梅·重读《西安历史地图集》
381	重阳宫冬词（二首）
384	破阵子·读王子今先生"秦亡之鉴"有感
386	甘州曲·情系西部
388	秦岭之殇调研有感（词二首）
390	水调歌头·贺西部中心荣膺陕西高端智库
392	接贤宾·谢黄维院士就任有句
394	庆金枝·亚开行技援助力秦岭生态保护
396	应急吟（词二首）
399	笔耕有寄（诗词三首）
402	五律　甲辰秋夜（两首）
404	桂殿秋·同僚欢聚
406	朝玉阶·丈八沟寄怀

408	醉花阴·礼赞工匠精神	
410	闲趣有寄（诗词四首）	
412	七律　重阳节奉二老登高有吟	
414	兄弟酬唱长安城（词二首）	
419	迎春乐·依韵长兄《乙巳贺岁》	
422	长寿仙·和长兄四弟共祝高堂	

毓秀　泾渭新章

427	访易俗社文化街区（词四首）
435	水调歌头·西安高新区寄怀
437	一剪梅·琴韵汇古城
439	江城子·庆祝改革开放四十周年暨新年音乐会（二首）
440	春晓曲·长安古乐
442	虎年新正感怀（诗词四首）
445	临江仙·贺新春体坛喜事（二首）
447	天仙子·长安十二时辰
449	立冬感赋（词四首）
457	天仙子·水润长安
460	黑河引水工程感赋（诗二首）
464	画堂春·南水北调滋关中
466	"三河一山"绿道行（词四首）

474	朝玉阶·为助力成渝西协同发展建言
476	五绝　与老友重阳游斗门（七首）
483	醉花阴·白鹿原
485	蓝田春韵（词三首）
491	蝶恋花·赓续西迁精神
493	念奴娇·赞西工大总师摇篮
495	望远行·贺抱龙峪一日三试成功
497	于飞乐·一箭八星耀九天
499	醉乡春·贺陕西考古博物馆开馆
501	天下乐·探秘陕西历史博物馆秦汉馆
503	西江月·秦岭博物馆
505	定风波·赞文济阁
507	七律　典藏文济阁
509	玉蝴蝶·西安柴窑文化博物馆
511	天仙子·柳泉口桃花节
512	临江仙·西安万象城（二首）
516	绕池游·长安灯会
519	临江仙·龙舞凤翔
521	南歌子·照金行
523	山花子·马栏祭
525	画堂春·临渭掠影
527	华州春词（四首）

534	抛球乐·百年酒庄	
536	相见欢·皇塘逐花	
538	相见欢·江塝茗园	
539	汉中印象（词五首）	
549	长相思·秋到汉江	
552	卷终诗　五言　中华龙脉	

卷首词

风入松·秦岭望长安

纵横千里万重山。
祖脉绵延。
海枯石亘腾空出,
立天地、泽被人寰。
分水径流南北,
苍龙隐卧群巅。

中华根柢九州宽。
伫望长安。
十三朝代兴亡事,
渭城雨、化作云烟。
历尽沧桑无数,
春风又绿秦川。

秦岭 望长安

秦岭（黄会强/摄）

山水

终南览胜

诉衷情令·终南山

登临秦岭共遥看。

南北两分川。

绵绵岁月如梦，沧海变桑田。

峰未老，水潺潺。

望青天。

风云万里，俯仰人生，情寄河山。

【链接】

终南山，地处陕西省境内，素有"仙都""洞天之冠""天下第一福地"的美誉，在不同时期有南山、太乙山等十多个别称。《诗经》云："终南何有？有条有梅。""南山有台，北山有莱。"《山海经》里也曾提及终南山。

终南山的范围界定模糊，通常指秦岭中段，东起蓝田县杨家堡，西至周至县秦岭主峰太白山南梁山脊，东西长约230千米，最宽处55千米，最窄处15千米，总面积约4851平方千米。它横跨多县区，雄踞西安之南，是古城的天然屏障。如今，终南山是国家AAAA级旅游景区，也是世界地质公园、国家森林公园与国家自然保护区。

终南山（黄会强/摄）

画堂春·骊山春色

埙篪应和晚云轻。

梦追古道星明。

华胥姜寨启门闳。

一脉长萦。

穿越绿波千里,花摇春树闻莺。

岭中深峪涧流清。

山水怡情。

【链接】

骊山,地处陕西省西安市临潼区城南,是秦岭支脉,由东西绣岭构成,最高峰九龙顶海拔1301.9米,是在秦岭晚期上升时,突兀于渭河裂陷带的孤立地垒式断块山。

它位于关中腹心,秦岭与渭河勾勒出的"半月形地带"。灞河与沨河间,秦岭一支脉蜿蜒伸展,远看仿若苍黛骏马,因此称之为骊山。

《古迹志》评价骊山,虽崇峻、绵亘、幽异、奇险比不上太华、终南、太白、龙门,可三皇曾在此居住,女娲在此治理天下,周秦汉唐以来,诸多帝王在此修建离宫别馆,绣岭与温汤皆成胜景。从古至今,骊山承载着姜寨遗址先民、华胥氏部落与伏羲、女娲的传说,历经周幽王、春秋诸侯争霸的历史,还见证过现代著名事变,是演绎历史活剧的舞台。

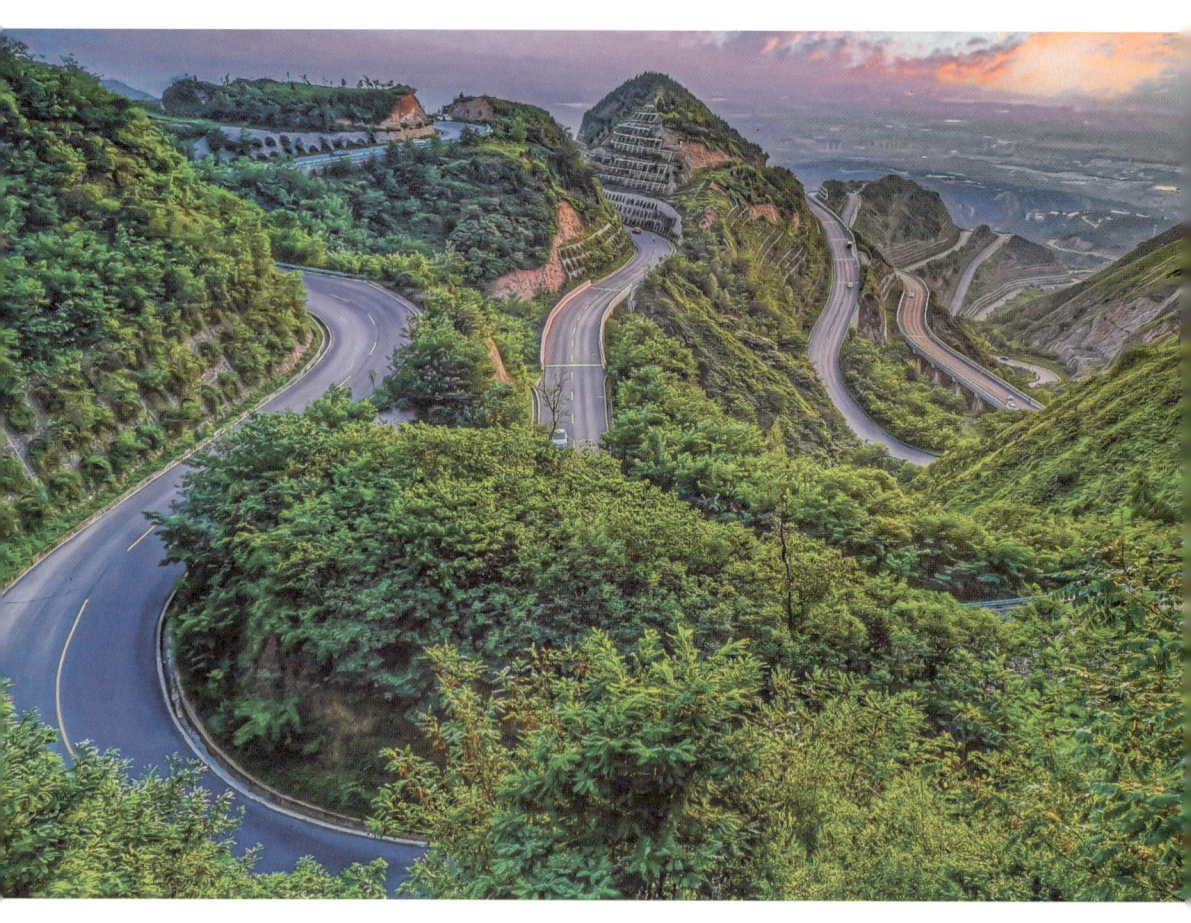

骊山（王启文/摄）

骊山（黄会强／摄）

天净沙·秦岭四峰（四首）

（一）太华山

云腾广宇如莲。
顶峰岩壁空悬。
古道蜿蜒向前。
神工可叹。
翠微风卷高天！

【链接】

太华山，也称华山和"西岳"，以"险"闻名天下，为中国著名的五岳之一。位于陕西省渭南市华阴市，在省会西安以东120千米处，南接秦岭，北瞰黄河。华山是第一批国家重点风景名胜区、国家AAAAA级旅游景区、全国重点文物保护单位。

华山是中华民族的圣山。中华之"华"，源于华山，故华山有了"华夏之根"之称。据清代国学大师章太炎和历代专家学者考证，华夏民族最初形成并居住于"华山之周"，名其国土曰华，其后人迹所至，遍及九州，华之名始广。孙中山先生据此创立"中华民国"。

华山龙脊岭（卜杰/摄）

华山迎客松（黄会强/摄）

华山北峰（黄会强/摄）

华山西峰龙脊岭（黄会强／摄）

华山北峰擦耳崖（黄会强／摄）

（二）王顺山

蓝关古道云悬。

秀峰青玉生烟。

史迹钩沉慕贤。

奇花烂漫。

梦追千里秦川。

【链接】

王顺山，位于西安蓝田县，旧称玉山，因"玉种蓝田"闻名，又因王顺担土葬母得名。110万年前"蓝田猿人"在此生活，开启中华历史。

这里地势险要，是兵家必争之地，且留存王顺孝母祠、蓝关古道等遗迹。文人墨客留下300多篇诗词，韩愈就曾写下"云横秦岭家何在，雪拥蓝关马不前"。

王顺山也是佛教圣地，保留众多自汉、北魏、隋、唐以来的庙宇、石刻遗迹。八仙之一韩湘子在此成仙，现有碧天洞等相关景观。

王顺山（黄会强/摄）

（三）翠华山

山崩造化奇观。

碧池天水微澜。

燕舞莺歌影寒。

泠泠溪畔。

翠烟峰顶花繁。

【链接】

翠华山，位于西安市南23千米的秦岭北脉，海拔2132米，面积32平方千米。由碧山湖景区、天池景区和山崩石海景区三部分组成。以"终南独秀"和"中国地质地貌博物馆"著称。1992年被林业部评为"终南山国家森林公园"，2001年被国土资源部评为"陕西翠华山山崩景观国家地质公园"，2002年被国家旅游局评为"AAAA级旅游景区"，2009年被联合国教科文组织评为"秦岭终南山世界地质公园"。

翠华山（黄会强/摄）

翠华山（黄会强/摄）

翠华山（卜杰/摄）

翠华山（黄会强/摄）

（四）太乙山

崇山峻岭盘旋。

翠岚缭绕仙坛。

晚桂幽馨漫延。

慈恩永远。

暖晖秋树年年。

【链接】

太乙山，也称南五台，位于西安南长安区境内，海拔1688米，山形峭拔，风景秀美，为秦岭终南山中段的一个支脉，是我国著名的佛教圣地之一，有着"终南神秀之区"之称。它是西安秦岭终南山世界地质公园核心景区，绵延10余里，有五座奇峰，最高处曰大顶，分别为清凉、文殊、灵应、舍身、观音五峰，也称为五台，又因它与关中盆地北部铜川耀州区的五台山（药王山）遥遥相对，所以又叫南五台。明清以来建有大小庙宇40多处，建筑精巧，布局别致。

五台山中有植物近千种，有"特殊活化石"孑遗植物和观赏珍品七叶树、望春花、木樨树等，堪称博大的植物园、活的根雕博物馆。每当仲秋季节，野菊馥郁，金桂花落，香飘山外，一溪胭脂水，溢彩流香……

太乙山（黄会强/摄）

太乙山（黄会强／摄）

雨霖铃·太白仙境

朝暾舒卷。

眺崇山外，太白溪岸。

晨岚浸湿草径，观星月落，春光无限。

欲觅琼瑶仙境，望台上云漫。

所到处、藤蔓攀云，涧壑幽林掩深浅。

阶依竹木高崖畔。

路迷离、佛道藏深院。

流泉与我为侣，山泼墨、景随心远。

北顾群峰，天际苍茫，世间多难。

即便是、雨顺风调，四序多迁变！

【链接】

太白山，位于陕西宝鸡眉县和太白县，是秦岭山脉主峰，也是中国大陆青藏高原以东的第一高峰，海拔3767.2米。自古以来，广义上的太白山连带西安周至县部分，包括东太白拔仙台（传说为太乙真人修炼之地）、西鳌山（为纪念周武王文治武功，古称垂山、武功山）以及连接二者的西跑马梁等，以高、寒、险、奇、富饶、神秘的特点闻名于世，称雄华夏。《水经注》载：太白山"于诸山最为秀杰，冬夏积雪，望之皓然"。

太白仙境（刘鹏敏/摄）

山水 终南览胜

天仙子·玉皇顶

碧树青山秋色异。

凌空驰目千万里。

扶摇直上比天高,如添翅。

入云际。

谁解英雄豪迈气!

【链接】

玉皇山,在陕西省宝鸡市太白县靖口镇,是秦岭山脉太白山以西的最高峰,海拔2819米,因山底玉皇庙得名,传说玉皇大帝在此修道,山下老庙传为鲁班所建,最盛时有99间庙宇,庙内8尊元明鎏金佛像造型精美。周边有明清遗迹,唐代起便是道教圣地,香火不绝。

它是大秦岭重要节点,划分中国南北与大秦岭,还是汉江、嘉陵江的分水岭,以高峻、奇险闻名。山顶怪石嶙峋,山腰瀑布飞泻,山下老庙古朴。登顶能望宝鸡城景,观雪山,听渭水涛声;在草甸可赏景、观杜鹃。四周群山连绵,能体验"一脚踏两县",感受登顶的豪迈。

玉皇池（张文庆/摄）

画堂春·莲花峰瀑布

顶巅罅裂涌清泉。

层层峡谷岚烟。

九峰如瓣一枝莲。

瀑下观澜。

雪滚青峰石上，人行翠竹林边。

远瞻寥廓碧云天。

十里晴川。

【链接】

太白山莲花峰瀑布，在太白山景区海拔1300米处。站在瀑布边举目四望，四周的群山围绕莲花峰耸立，九座山峰形成了一个莲花的形状，莲花峰居中而立，像是莲花的花蕊，莲花峰由此得名。莲花峰瀑布地处莲花峰脚下。在夏季，从山巅奔流而下的水柱瞬间化为巨大的水雾，铺天盖地，使人有一种天地合一的感觉。

莲花峰瀑布（黄会强/摄）

浣溪沙·灵宝峡

碧水微澜两岸长。
丛花竞秀播幽芳。
晴空秋雁御风翔。

地质景观多变化，天门巨壁对穹苍。
丹霞流过五云乡。

【链接】

灵宝峡，隐藏在陕西省宝鸡市陈仓区的西山地区，是一处被沙砾岩层雕琢而成的峡谷奇观。河水在峡谷中缓缓流淌，河床平滑如镜，而两侧崖壁上的孔洞，都是风雨的杰作，充满了自然的韵味。这里的丹霞地貌令人叹为观止，河道蜿蜒曲折，两岸岩壁拔地而起，显得分外雄伟。特别是那罕见的陆相沉积砂岩石质，展现出天门巨壁凌空的磅礴气势。

灵宝峡（黄会强／摄）

七律　关山牧场

不尽西风一叶秋，秦都汧邑史悠悠。
月悬天宇关山近，原牧牛羊草甸幽。
万里河山双抱璧，四时踪迹半浮鸥。
遥吟秦岭归鸿赋，独倚阑干望玉钩。

【链接】

关山牧场，位于陕甘交界的关山大岭，海拔约2200米，这里群山、溪壑、林木遍布，草场一望无际。

它的历史能追溯到西周初，秦先祖非子在此为周王室牧马，因马群繁衍出色获封诸侯，其都城汧邑是秦国首个都城。秦人在此从畜牧转向农耕，逐渐强大，最终统一中国，建立秦朝。

周幽王被杀后，周室放弃岐西之地，秦襄公独立，秦国发展壮大并形成车马礼乐制度。关山牧场是秦文化发祥地，也是汉文化的重要组成部分。

关山牧场（刘鹏敏/摄）

关山牧场（卜杰/摄）

关山牧场（赵居阳/摄）

关山牧场（苟秉宸/摄）

如梦令·少华山

莫道青山依旧。

一夜东风穿牖。

芳草径边生，袅袅远村烟柳。

春瘦。

春瘦。

又是绿融晴昼。

【链接】

少华山，是秦岭支脉，地处陕西省渭南市华州区莲花寺镇，在华州东南约5千米。它东接小夫峪，西邻白石峪，主峰海拔1664.4米。少华山是中国道教名山，作为西岳华山的姊妹山，两山峰势相连、遥相对望。因海拔低于华山，它被称为少华山，也叫小华山。

此山自古便是关中名山，人文历史底蕴深厚。神话传说中，它和华山是天宫仙女下凡显形所化，华山高五千仞，被封太华之主，少华山高四千仞，为太华之辅。

《山海经》《水经注》等古代地理书籍都有少华山的记载。汉时张衡在《西京赋》里将少华山与太华山并提。杜甫、白居易等众多唐宋文人墨客，或游历、或隐居于此，留下大量诗词文章与趣闻逸事。

少华山（黄会强/摄）

苏幕遮·光头山

碧云飞,天尽处。
唤取星辰,共我峰巅住。
鹿角冰晶身下舞。
绿野花香,草甸迷幽路。

醉云霞,风漫步。
两水相分,厚泽流千古。
社稷有灵长庇护。
四顾终南,日照山河固。

【链接】

光头山处于陕西牛背梁国家级自然保护区的最西部,是秦岭主脊的一部分,又称麦秸摞,位于沣峪口内秦岭分水岭西侧,海拔2903米。因海拔高,气温低,山上树木不生,杂草繁茂,所以俗称"光头山"。山上建有陕西电视台调频发射台,有土路可盘旋而上。光头山山顶为高山杜鹃、高山冷杉等低矮灌木以及高山草甸,视野极为开阔,立于山巅,北望为关中大平原,秦岭著名山峰太白山、冰晶顶及鹿角梁等皆可遥遥相望。

光头山（黄会强/摄）

山水　终南览胜

醉花阴·牛背梁

山野天低云岭傲。

不见银蟾照。

入夜半溪行,一路欢欣,林涧风光好。

孟秋共赏花枝俏。

谁解其中妙?

岁月莫蹉跎,走遍天涯,相约人同老。

【链接】

陕西牛背梁国家森林公园,位于秦岭山脉东段,地跨三县区,因山脊像牛背得名。牛背梁海拔2802米,是秦岭东段最高峰,有完整的第四纪冰川遗迹,是长江、黄河水系的分水岭,也是地理上的南北分界线。亚洲第一长的终南山隧道从这里穿过,景区内有群山、峭壁、深谷、急流,景色壮美。

牛背梁自然保护区主要保护羚牛及其栖息地,东西长28千米,南北宽15千米,是"秦岭自然保护区群"的重要部分,其生物多样性丰富,被列为中国40个最优先保护的生物多样性地区之一。保护区分核心区、缓冲区和实验区,区内珍稀动植物多,被誉为秦岭东部的绿色明珠,极具保护和研究价值。

牛背梁（黄会强/摄）

念奴娇·营盘秋声

暮岚夕日，赏清秋时节，峰披轻雾。
草木凄凄黄叶落，怎忍秋声哀诉？
望断悬崖，云横秦岭，一去疑无路。
金风吹遍，菊黄霜白凝露。

满目丛树苍苍，远山缥缈，林际飘芦絮。
戏水游鱼塘溢彩，恰似蝶随风舞。
梦里游仙，花开花落，飘散缤纷雨。
急流飞溅，卧听溪壑深处。

【链接】

营盘镇，地处柞水县西北部的乾佑河源头，西与宁陕县相接，北与长安区毗邻，是柞水县的北大门。境内的碾盘石、牛角槽、北沟、老虎沟等地，山色秀美，溪流潺潺。在古代，营盘镇是秦楚古道上的重镇，历史上素有"秦楚咽喉"之称，是兵家必争之地。古代官兵在此安营扎寨，设立营盘，以卫长安。

绕过鱼塘，从碾盘石、牛角槽沿山径攀登，一路上泉水淙淙，花香扑鼻。时而鸟鸣涧中，清脆婉转；时而风过山间，林涛阵阵，万籁入耳。沿途蒿草过人，树木遮天蔽日，苍苔斑驳，一派原生态景象。

秦岭营盘（黄会强/摄）

清平乐·游梦商山

梦中鞭策。

纵马寻芳陌。

山上无人催行色。

何觅摩崖石刻。

相约四皓联翩。

结茅觞咏清欢。

一曲啸歌祭月,临风祈愿长安。

【链接】

"商山四皓"是秦末汉初四位著名的黄老隐士——东园公唐秉、甪里先生周术、绮里季吴实、夏黄公崔广。他们因不满秦始皇焚书坑儒的暴行,而隐居于陕西商山。刘邦曾多次邀请他们四人出仕,但都被拒绝。后刘邦欲改立戚夫人所生的赵王刘如意为太子,吕后听了很着急,张良就献计请来四皓辅助太子,终于保住其地位。但在太子刘盈即位后,朝政大权旁落其母吕后之手,四人预感报国无望,就重归商山隐居。

"商山四皓"蛰居商山,结茅忧远,紫芝疗饥,调笑闲歌,年逾八旬,须眉皓白,衣冠甚伟,流觞啸歌,祈祷长安,直至终老。四皓墓位于陕西省丹凤县商镇新街道西段,为省级重点文物保护单位,墓园内古冢罗列,古柏环绕,碑石林立。

商山（黄会强/摄）

拂霓裳·游塔云山

塔云山。

峻峰奇绝鸟回还。

晴日好,远峤云雾卷岚烟。

松针凝白露,风色动商弦。

享清欢。

水淙淙、溪路伴林泉。

同来问道,须勉力、莫辞难。

金顶殿,近霄三面半空悬。

猿猴攀峭壁,鹳鹤探涵关。

定神闲。

沐霞光、飞去欲成仙。

【链接】

塔云山位于陕西镇安县城西南35千米处,是有近500年历史的道教名山。金顶观音殿建在高2000多米的山顶上,面积不足6平方米,三面下临万丈深渊。每当晴日晨昏,碧空中霞光万丈,置身山中,宛如仙境。

塔云山（石春兰/摄）

相见欢·骆家坝古镇

遥瞻古镇青川,柳笼烟。
老宅白墙黛瓦、列溪边。

接云处。
通天路。
忆前贤。
饮马曾来河畔、久留连。

【链接】

骆家坝,又称惊军坝,早在汉代就曾驻军,因军队夜惊而得名,为自古以来入川必经之地,后因商贾在此倒卖骡马而易名为骆家坝。该镇地处西乡县米仓山北麓、牧马河源头。1932年12月,红二十九军成立于此,点燃了陕南红军的革命之火,曾发生震惊陕南的"马儿崖事变"。这是一处集自然山水、历史古镇、红色文化、民俗风情、田园风光于一体的综合性旅游景区,是省级文化旅游名镇。2019年,骆家坝景区成功创建为国家AAAA级旅游景区。

骆家坝（苟秉宸/摄）

山水　终南览胜

朝玉阶·鸡心岭胜景

雄踞三边气势昂。

细流岩石激，路犹长。

车来人往话沧桑。

碑铭迎远客、立中央。

古时官道叹兴亡。

寻张飞旧迹，覆苔荒。

山川形胜尽流芳。

洞中藏故事、水云乡。

【链接】

鸡心岭，位于陕西省安康市镇坪县钟宝镇瓦子坪乡，地处陕、渝、鄂二省一市交会处，是西南、西北、华中三大区的交会点。

鸡心岭海拔1890米，面积约8平方千米，山岭雄浑，状如鸡心，其主峰在湖北省竹溪县境内。岭南是重庆巫溪县，西北坡为陕西镇坪县，东坡为湖北竹溪县。

鸡心岭（李国庆/摄）

满江红·七十二峪

万壑云生，临幽谷、溪流似雪。

烟岚里、翠山深处，瘦峰如玦。

涧瀑飞流披白雾，栈桥潜影鸣黄鹎。

太乙开、问道说经台，摩天穴。

苍龙岭，残阳血。

莲花顶，人欢悦。

送云间飞鸟，虹贯星掣。

游客登峰行步道，碧泉漱石飘珠屑。

望无尽、绝顶沐清风，江天阔。

【链接】

在秦岭北麓，分布着大大小小的幽谷深沟，被泛称为秦岭七十二峪，已成为陕西秦岭重要的代名词之一。其实，秦岭北麓千沟万壑，远不止七十二峪。1862年，清末毛凤枝所著的《南山谷口考》里就称"南山谷口北向者，得一百五十"，但这也仅仅是毛凤枝根据当时所知和初步考察得出的数字，很多山谷并未书写进去。2011年，毛水龙著《秦岭北麓峪沟口》记载有322条沟道。2018年周灵国和谢伟主编的《秦岭七十二峪》，列述了226条峪道。2021年陕西省林业局编制的《秦岭北麓生态建设调查报告》，经过详细的考察，确认大小沟峪302条。

秦岭北麓（李国庆/摄）

七绝 秦岭野趣（二十三首）

（一）游辋川

空山人迹辋川寻，诗画双融体物深。
秦岭之南名胜地，千年绝唱遍丛林。

【链接】

辋川，地处西安市蓝田县南部，秦岭北麓。东与蓝桥镇接壤，南连玉川镇，西与小寨镇毗邻，北接蓝关街道，总面积284.81平方千米。这里青山逶迤，峰峦叠嶂，奇花野藤遍布幽谷，瀑布溪流随处可见。因辋河水流潺湲，波纹旋转如辋，故名辋川。辋川在历史上不仅为"秦楚之要冲，三辅之屏障"，而且是达官贵人、文人骚客心醉神驰的风景胜地。

辋川境内有唐代诗人王维故居及唐宰相宋之问别墅旧址，有旧石器时期人类活动遗址及刘邦与秦军最后决战的峣关、蒉山古战场，还有辋川溶洞、蓝关古道、王维手植银杏林等。

蓝田辋川（黄会强/摄）

（二）土门峪

天池寺傍北高峰，唐塔千年伏二龙。

樊川之畔云雾起，犹闻醒世古时钟。

【链接】

土门峪，在陕西省西安市长安区王莽乡土门峪村，距环山旅游公路约3千米，因峪内西南山顶的千年二龙塔闻名。土门峪村山水环绕，被土门峪河一分为二。据清嘉庆《咸宁县志》载，村南土山沟口似门，是行人上山入口，得名土门峪，村子也随峪命名。

二龙塔建于贞观六年（632），距今有1390年。传说有恶龙在此缠斗，建塔镇压。关于用途，一说它是灵骨塔，明赵崡《游城南》有相关记载；一说它是风水塔，因建于古时二龙里而得名，《咸宁县志》有记载。

土门峪（黄会强/摄）

（三）太白风

（孤雁入群格）

千古诗仙太白风，清新草甸百花丛。
云山俊逸冰川美，殊胜因缘两巨峰。

【链接】

杜甫赞李白云："清新庾开府，俊逸鲍参军。"若以"清新、俊逸"譬之太白山亦如是也。

太白风（刘鹏敏／摄）

（四）黄柏塬

阶上苔痕缀浅黄，遍山箭竹绿苍茫。
熊猫匿迹藏憨态，野外羚牛卧树旁。

【链接】

  黄柏塬原生态风景区位于秦岭南麓腹地，太白山西南角，与周至、佛坪、洋县等相邻，面积896平方千米。地处太白山自然保护区、牛尾河大熊猫保护区、陕西省水生野生动物保护区核心区域，有珍稀野生动植物2000余种，是秦岭之中最具原始生态的地区之一。区内有大岭云海、鳌山登山口、羚牛沟、湑水河水库、大箭沟、核桃坪、傥骆道、都督门、老县城、青峰峡等主要景点。

黄柏塬（黄会强/摄）

黄柏塬（黄会强/摄）

（五）厚畛子

越岭穿云到老城，佛坪古寨四畴平。

三门垛堞围街宅，蓬户泥墙别有情。

【链接】

厚畛子，在秦岭北麓，属陕西省西安市周至县，地处县西南秦岭腹地。这里地势南高北低，山脉以秦岭为主。镇东接陈河镇，南邻汉中两县，西连宝鸡黄柏塬镇，北靠眉县汤峪镇，面积747.2平方千米，老县城在其境内。

老县城曾是佛坪县县城，1825年建成，地处秦岭群山中，周边是原始森林，常有珍稀动物出没。这里有三座石砌城门，昔日城内建筑齐全，是佛坪政治、经济、文化中心，也是交通和物资交流枢纽。清末因两任知县被土匪杀害，最后一任县太爷背着大印跑到了如今佛坪县所在地的袁家庄，如今老县城只剩石碑、石狮、石鼓、白云塔、焚字楼等许多清代遗迹。

厚畛子（黄会强 / 摄）

（六）拔仙台

福地云天万里烟，流岚残月拜神仙。
冰川乱石存遗迹，山路盘旋系一弦。

【链接】

拔仙台是秦岭主峰太白山的最高顶，海拔3771.2米，是我国东部大陆的第一高峰，也是陕西省的海拔最高点。相传这里是姜子牙封神的地方，拔仙台顶小观供奉着据说是姜尚封神点仙时所坐的椅子。拔仙台形似三角锥体，高耸入云，极为险峻。拔仙台气候寒冷，积雪期长达八九个月，故有"太白积雪"一景，人称"太白积雪六月天"，为关中八景之一。

拔仙台（黄会强/摄）

拔仙台（刘鹏敏/摄）

（七）天台山

山环水抱甲天台，道教玄都朝圣来。
炎帝登临尝百草，谷深崖峻覆苍苔。

【链接】

天台山为国家级风景名胜区，位于陕西省宝鸡市南郊，面积约120平方千米，属秦岭山系。区内群峰竞秀，植被繁茂，景色优美，气候宜人。主要景点有莲花顶、道帽石、磊磊石、九龙泉、大散关、鸡峰插云、弥罗天云海、炎帝骨台寝殿、神农祠、老君顶、玄女洞等数十处，主峰莲花顶海拔2198米。史载民传，天台山是炎帝出生、成长、创业和逝世的地方，是"神农之乡"，在中华民族发祥史上占有重要地位。还有道教始祖老子李耳开始创教写经的传说。

天台山（周璇/摄）

（八）天台望月

朱楼百栋逝风中，翠阁千楹早已空。
今对离宫犹镜鉴，唯余明月照苍穹。

【链接】

　　天台山，位于麟游县的西端。天台山突兀川中，一峰独秀。山下尚有隋、唐离宫之旧墟遗存，宫宇毁于晚唐。这里曾建有九龙殿、排云殿、御容殿、咸亨殿、丹霄殿、大宝殿及双阙、画廊等，是隋、唐离宫的核心区。明以后，天台山上曾修有佛刹，名曰天台寺，亦名福昌院，而今寺已倾圮。山崖上松柏茂密，虬枝倒垂崖下，随风摇荡，生机盎然。

天台山（周璇/摄）

（九）神仙岭

神仙眷顾有天梯，四嘴山高栈道奇。

太白在前方咫尺，画廊百里不须疑。

【链接】

神仙岭位于眉县营头镇境内，地处秦岭北麓红河流域。两岸景色，犹如百里画廊，优美逶迤的山岭，蜿蜒盘旋，犹如一条正在酣睡的巨龙。神仙岭海拔2680米，区内老树枯藤、植被丰茂，神仙石天外飞仙、孤峰耸立。凌云栈道位于神仙岭四嘴山，全长1265米，如一架天梯从天而降，蜿蜒曲折，行走其上，惊险奇绝，是除华山长空栈道外的"陕西第二险"。

神仙岭（刘鹏敏/摄）

（十）观荷塘

千枝菡萏满池开，盛暑游人次第来。
出水芙蓉娇欲滴，夕晖清韵绝尘埃。

【链接】

千亩荷塘，位于眉县金渠镇河底村，南望秦岭，北临渭河，建于2016年，占地75万平方米，荷塘22.7万平方米，栽植荷花水生植物20多种，建有步道长廊、观荷塔、荷香亭等景观，是集渭河整治、生态修复、人工湿地、荷塘观光于一体的湿地文化景观项目。

千亩荷塘（刘鹏敏/摄）

（十一）石鼓峡

澄水激流几折回，山溪穿峡起惊雷。
河西佛坐莲台上，古柏苍苍窟顶栽。

【链接】

　　石鼓峡石窟，位于麟游县城东北的县北村附近，石窟坐落在澄水河西岸。窟内石刻坐佛一尊，刻于乾符二年（875），佛像趺坐于莲台之上，造型高大逼真，莲台雕作细腻传神。石窟洞口被一棵形似华盖的古柏遮掩，风雨难入窟内。澄水流经此处，两岸巨石叠嶂，冲出一峡，狭窄如线，河床高低相差10余米，水流湍急，飞泻而下，涛声如擂鼓，故名石鼓峡，俗称响石潭。

石鼓峡（赵春贵/摄）

（十二）万岭秋

雨后丹枫万岭秋，淙淙碧水绕山流。
千年秦地歌风雅，怀古登轩上北楼。

【链接】

木王山庄，位于陕西省商洛市镇安县木王镇，紧临陕西木王国家森林公园。辛丑年秋天，笔者应邀在木王山庄清沁园北楼参加西北大学出版社"话说陕西：周秦汉唐通俗读本丛书"修编讨论会。大家围绕着周、秦、汉、唐所代表的中国历史上不同时期的政治、经济、文化和社会特点畅所欲言。一致认为，中国历史上最伟大的朝代都选择建都于长安，绝非偶然，有其内在的规律。无论是封建制度的建立、统一的中央集权、对外开放与包容，还是科技的发展和文化的繁荣，长安都创造了中国历史上的辉煌，为后世留下了极为宝贵的遗产，应讲好这段陕西故事。

秦岭望长安

万岭秋（黄会强／摄）

（十三）金丝峡

险峰秀水金丝峡，动静相生画卷奇。
壑谷百泉喷涌出，丹江入汉荡涟漪。

【链接】

金丝峡景区，位于商洛市商南县东南部新开岭腹地，距商南县城40千米，距金丝峡镇18千米。景区内有白龙峡、黑龙峡、青龙峡、石燕寨和丹江源五大景区，100多个景点，峡谷总长度20.5千米，纵深10多千米。

金丝峡（黄会强/摄）

（十四）跑马梁

七彩斑斓岁暮时，神仙脚印问归期。

雄峰如笋双头马，似见蹄飞唱我诗。

【链接】

跑马梁，坐落在秦岭腹地宁陕县与西安市交界处，位于秦岭鹿角梁和冰晶顶之间，山峦辽阔壮丽，云海绝伦，千姿百态的奇石林立，放眼望去，如一匹巨大的骏马奔驰于秦岭南坡的深沟大壑中。

跑马梁（张文庆/摄）

（十三）金丝峡

险峰秀水金丝峡，动静相生画卷奇。
壑谷百泉喷涌出，丹江入汉荡涟漪。

【链接】

金丝峡景区，位于商洛市商南县东南部新开岭腹地，距商南县城40千米，距金丝峡镇18千米。景区内有白龙峡、黑龙峡、青龙峡、石燕寨和丹江源五大景区，100多个景点，峡谷总长度20.5千米，纵深10多千米。

金丝峡（黄会强/摄）

（十四）跑马梁

七彩斑斓岁暮时，神仙脚印问归期。

雄峰如笋双头马，似见蹄飞唱我诗。

【链接】

跑马梁，坐落在秦岭腹地宁陕县与西安市交界处，位于秦岭鹿角梁和冰晶顶之间，山峦辽阔壮丽，云海绝伦，千姿百态的奇石林立，放眼望去，如一匹巨大的骏马奔驰于秦岭南坡的深沟大壑中。

跑马梁（张文庆/摄）

（十五）凤凰山

紫阳汉阴凤凰山，和合乾坤格局闲。
油菜梯田春意满，深藏七宝水潺湲。

【链接】

凤凰山，位于汉阴县境内，西起高梁乡、渭溪乡，东至双乳乡入安康市汉滨区境内，绵延40多千米。冈峦层叠，岩壑万千，似一百足巨虫，横贯县境中部。两翼南临汉江、北滨月河，支脉主脊多为险峰峻岭。主峰铁瓦殿海拔2128米，胖子山海拔2105米。

凤凰山地势北陡南缓，多呈V形峡谷，深度300—500米，河床多巨砾。耕地分布在海拔1500米以下，有石坝子、火烧庵等少数盆地状宽谷，梯田密集。山的东南余脉有七宝山，相传山内有金、银、铜、铁、锡、硒、磺等矿藏，是为七宝。

凤凰山（黄会强/摄）

（十六）紫柏山

置身云雾此山中，难识真容蔽半空。

忽有风来纱褪去，群峦险嶂现峥嵘。

【链接】

紫柏山，位于秦岭南麓陕西省汉中市留坝县，是秦岭主峰太白山的支脉，海拔在1300—2600米。因山上多紫柏古树，所以叫紫柏山。

由远及近看紫柏山，有三个层次：远景是蓝天白云，中景为高山林带，近景是天坑草甸。这里峰峦雄伟，常年云雾缭绕，有九十二峰、八十二坦、七十二洞，景色绝美，被誉为秦巴千里栈道的"第一名山"。景区融合了高山草甸、珍稀动植物、原始森林、山峰、岩石、洞穴、草甸、清泉、溪流、峡谷等景观一应俱全，民间有"黄山归来不看岳，九寨归来不看水，紫柏归来不看草"的说法。

紫柏山下古营盘留存着大量两汉三国遗迹。著名的"明修栈道，暗度陈仓"的陈仓道途经此地；诸葛亮七出祁山，有五次从定军山沿陈仓道经过并在此安营；姜维大战铁龙山的故事也发生于此。如今，张良庙、司马寨、铁龙山等遗迹依旧存在。

紫柏山（黄会强/摄）

（十七）大熊猫

隐士闲居在竹林，体憨性敏独沉吟。

震天一吼声威武，身沐余晖几缕金。

【链接】

大熊猫，属熊科，分两个亚种，雄性略大于雌性。其体型圆胖，体重80—180千克，毛色黑白，有"黑眼圈"，走路内八，爪子锋利，皮肤厚。其毛色能帮它在树林、雪地里隐蔽。

它们在地球上存活超800万年，是中国独有的"活化石"与"国宝"，也是生物多样性保护的旗舰物种、世界自然基金会形象大使。它们主要生活在秦岭山区海拔2600—3500米的竹林，这里环境凉爽、竹子多，适合栖息育崽。大熊猫生性活泼，爱爬树。

截至2023年底，中国大熊猫数量达2592只，其中野生1864只，圈养728只，已从"濒危"降为"易危"物种。

秦岭大熊猫（黄会强/摄）

秦岭大熊猫（张文庆/摄）

（十八）金丝猴

一声呼唤满山猴，争食嘶鸣抢破头。

仰鼻挠腮欢闹去，倒翻筋斗挂金钩。

【链接】

金丝猴，属灵长目猴科仰鼻猴属，又叫仰鼻猴。它体长约70厘米，尾长与体长相近或更长。其脸部蓝色，鼻孔朝天，嘴大唇厚，无颊囊。背部毛发青亮，头顶、颈、肩等部位呈灰黑色，头侧、四肢内侧为褐黄色，因浑身长有柔软的金色长毛得名。

它是典型的昼行性树栖动物，常年生活在高海拔森林中，以植物为食。它们以一雄多雌的繁殖单元为基础，多个繁殖单元和全雄单元组成复杂的重层社会。

它是珍稀动物，因森林砍伐和过度捕猎，生存岌岌可危。已被列入《世界自然保护联盟濒危物种红色名录》濒危等级，是中国一级保护动物，秦岭地区已设立西安周至等保护区。

秦岭金丝猴（黄会强/摄）

秦岭金丝猴（张文庆/摄）

（十九）朱鹮园

林莽山间振翼飞，金堤丹水洗羽衣。

清波红掌涟漪漾，心向云天久不归。

【链接】

朱鹮，是鹈形目鹮科朱鹮属鸟类。雄鸟全身白色，羽干、翅膀和尾巴呈粉红色，脖颈处长矛状羽毛形成羽冠，黑色长喙前端朱红，脚的裸露部分亮红。雌鸟羽色与雄鸟差不多。繁殖期背羽有鲜蓝渲染，双翅粉红更淡。因其脸部、双翅后部和尾羽下侧呈朱红色而得名。

它们栖息在温带山地森林、丘陵的水源附近，性格孤僻，独自或小群活动，用长喙在泥潭觅食，以小鱼、虾蟹、昆虫等小型动物为食。它曾濒临灭绝，在陕西洋县得到保护并繁衍。

它是中国一级保护动物。2023年，陕西野化放归朱鹮560只，野生种群总数达6600余只，全国朱鹮种群数量达9800多只，濒危等级从"极危"调整为"濒危"。

秦岭朱鹮（张文庆/摄）

秦岭朱鹮（黄会强/摄）

（二十）秦羚牛

曾临峭壁吼声粗，犄角呈威面有须。
黄蜡毛皮憔悴损，栏中久困仰天呼。

【链接】

羚牛，是偶蹄目牛科动物，体型似牛，头小尾短像羚羊，叫声似羊、性情似牛，因而得名。它有4个亚种，中国特有的秦岭亚种体型最大，雄性体重可达350千克，雌性约250千克。羚牛的角从头部伸出后向外翻折，角尖内弯呈扭曲状，所以也叫扭角羚。其体格壮硕、尾巴短小，吻、鼻和前额隆起，毛发短且蓬松，身体各部位颜色多样。

它们栖息在秦岭2500米以上的高山森林和草甸，善在峭壁间活动，喜群居，小群3—5头，大群能达50头，以树枝、竹叶、青草等为食。最新调查显示，秦岭羚牛遇见率高，种群数量超1万头，是中国一级保护动物。

秦岭羚牛（张文庆/摄）

（二十一）遇羚牛

驱车迤逦下山坡，邂逅羚牛掩绿柯。
一任连声齐喝彩，高低寻路不争多。

【链接】

　　会后出游，适逢雨后，秋阳当空，万山红遍，层林尽染。几位友人相约，到木王山景区观赏霜天红叶。崖边林暗百花休，秦山唤醒暮云秋。傍晚时分，我们乘坐景区的游览车下山，在景区的道路旁，忽见一群羚牛，从深山密林中走了出来。大家连忙用手机抓拍下了这一难得的瞬间，我便口占七绝以记之。

秦岭羚牛（黄会强/摄）

（二十二）细鳞鲑

苍茫幽谷入深秋，鲑戏花溪自在游。
春跃龙门回溯去，空余潭影玉如钩。

【链接】

细鳞鲑，是鲑形目鲑科细鳞鱼属鱼类，俗称山细鳞鱼、江细鳞鱼、间鱼、间花鱼、金板鱼、花鱼、梅花鱼、小红鱼等。秦岭细鳞鲑，一般栖息于海拔500米以上的山涧溪流，要求水质清澈，富含溶解氧，常年水温不超过20℃。主要摄食无脊椎动物、小型鱼类等，也捕食蛙类及小型啮齿类动物。被中国列为二级保护动物。

细鳞鲑（张文庆/摄）

（二十三）捉放蝉

金蝉高唱入疏桐，声远何须借夏风。
月下寻踪知蜕变，可怜残梦惜鸣虫。

【链接】

戊戌年（2018）夏日，余应邀到太白山下的中铁二十局集团有限公司培训中心（对外也称520）讲学。当天下午，大雨滂沱。傍晚时分，雨过天晴。夜晚大院里灯火辉煌、蝉声四起。在培训中心老师的带领下，余等数人循着树丛，寻觅蝉踪。不一会儿，就从树上捉住数十只刚从土中钻出来的金蝉，在手电筒的灯光下观其蜕变的全过程，后怜其蜕壳之艰辛而全部放生。

蝉（黄会强／摄）

七绝　九嵕山下采风（三首）

（一）采摘御杏

烟霞御杏满枝头，十里飘香遍翠丘。
上树攀高争采果，田园逸兴乐悠悠。

（二）窑洞欢聚

旧朋新友聚窑中，弦瑟歌吟岁月匆。
野菜满盘添烙面，壶倾杯尽酒旗风。

（三）杏园彩腔

九嵕山下野花香，老树疏枝倚北窗。
杏苑乱弹惊四座，闲敲梆子伴声腔。

【链接】

九嵕山，别名九峻山，山峰海拔1188米，有泾水环绕其后，渭水萦绕其前，南隔关中平原，与太白、终南诸峰遥相对峙。位于陕西省咸阳市礼泉县东北22.5千米，这里是唐太宗李世民长眠之地。九嵕山下拥有近百万亩果园，三季有花四季有果。端午时节，几位好友相约，来到烟霞镇采风。

九嵕山（李国庆 / 摄）

南山采药（词三首）

（一）捣练子·山林采药

幽谷静，远村空。
雨后南山采药中。
踏露芳丛寻百草，遍尝五味万枝红。

（二）好事近·营救白狐

邂逅白狐时，惊见命悬沟坎。
排险想方设法，救危忙铺簟。

慈悲常寄护生心，相别则无憾。
不舍点头回望，两眸蓝光闪。

（三）采桑子·小峪紫陌

今朝策杖登秦岭，翠绿残红。
无际晴空。
四望山林沐夏风。

> 轻歌唱罢人何去，采药云中。
> 青史尘封。
> 曾炼丹砂忆葛洪。

【链接】

辛丑年（2021）夏日的一个清晨，我随同好友中医丁辉和采药师爬山越岭，进入秦岭深处，寻百草、尝五味。在我们穿越一个急流险滩时，忽然发现一只白色的小狐狸，被困在三面是湍急溪流的沟壑里，正颤颤巍巍地张目四望。当它看到我们时，蓝色的眼睛闪烁着求救的目光。大个子张琳会长跳进狭窄的沟坎，小心翼翼地用棍子把狐狸轻轻地拨进采药的箩筐中。大家一鼓作气把箩筐拉了上来，把白狐放在一个平坦的草丛中。通人性的它，眼睛闪现光芒，不停地点头、摇尾。大家兴奋地拍视频、照相，与可爱的小精灵互动，舍不得离开。当看到我们一行离去之后，白狐才飞快地消失在茫茫丛林中。

雨后南山（黄会强／摄）

白狐（石春兰／摄）

小峪紫陌（黄会强／摄）

忆瑶姬·和长兄《秦岭印象》

（格二，万俟咏体）

横跨秦原。

溯中华祖脉，万物家园。

近观阴岭秀，举步登绝顶，凝望长安。

秋风瑟瑟，落木萧萧，转瞬年复年。

叹岁华、看几多云卷，弹指之间。

会畅饮、雅集同欢。

咏诗惊巨变，意气翩翩。

情怀须有寄，托雁群归去，斜倚阑干。

蓝田蕴玉，汉水逢仙，夕晖桑梓园。

揽日月，山佑神州仰帝轩。

［原玉］忆瑶姬·秦岭印象

（格三，蔡伸体）

秦岭绵延。

望朝暾托日，万里云天。

进山披草径，眺眼前峭壁，云绕其间。

幽深壑谷，杳远丛林，扑面风冽寒。
忆少时、曾几番游历，思绪蹁跹。

鸟掠过、翠漫层峦。
伴泠泠漱石，一路流泉。
苍阶人迹少，只数声钟磬，何觅桃源。
迷离古道，错落青藤，可知通埗边？
且杖策，无问前程与后先。

（桂维诚作于癸卯深秋）

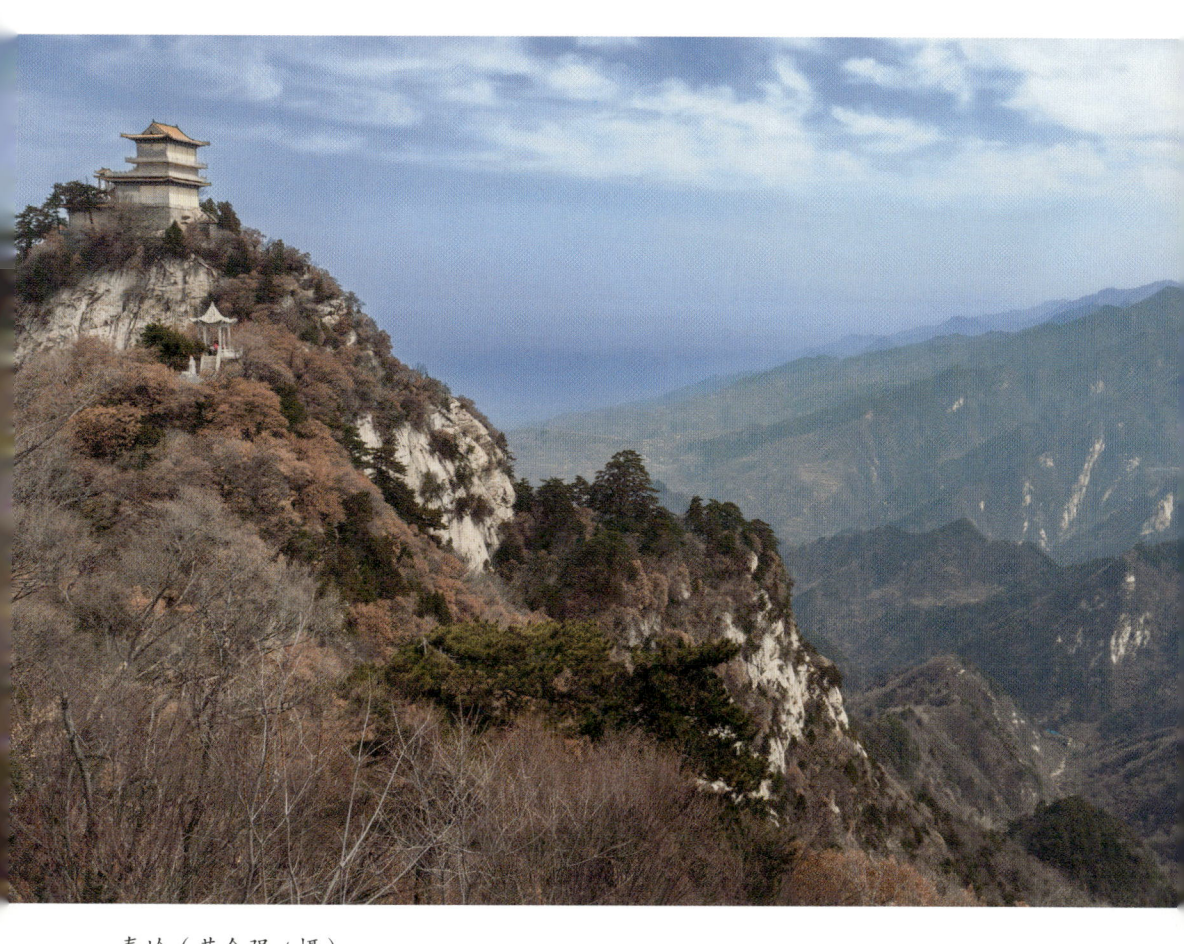

秦岭（黄会强/摄）

七绝　古道探赜（十二首）

（一）秦驰道

官路壕沟万里遥，春风旷野遍荒蒿。
劫灰飞尽归尘土，萝径蓬门对碧霄。

【链接】

秦始皇统一六国后第二年（前220），就下令修筑了以咸阳为中心通往全国各地的驰道。著名的驰道共有9条，有出今高陵通陕北的上郡道、过黄河通山西的临晋道、出函谷关通华北的东方道、出今商洛通东南的武关道、出秦岭通四川的栈道、出今陇县通西北的西方道和出今淳化通九原的秦直道等。

秦直道（黄会强／摄）

山水　终南览胜

（二）蓝武道

名关要道通秦楚，车过辚辚万马巡。
商水迢遥云驿渡，辋川诗境月无尘。

【链接】

蓝武道，是古代长安翻越秦岭，向东南通往南阳、荆襄、江南、岭南的驿道。因途经蓝田关、武关而得名，唐代也叫商山路。开辟于商末周初，周秦汉唐时地位重要，是兵家必争之地，秦始皇五次出巡有两次路过。

它还是著名的唐诗之路。诗人们常借蓝关、武关的意象，抒发独特情怀。

蓝武道（黄会强/摄）

山水　终南览胜

（三）子午道

楚汉争雄凭栈道，深山峡谷乱云红。

荔枝一路飞千骑，冠羽如花逐北风。

【链接】

子午道，也叫子午栈道，是古代长安通往南方的要道，因穿越子午谷且起始段呈正南正北走向而得名。它全长千余里，多为崎岖谷道，补给难、利用率低，历代都有修缮改线。

它开辟于秦末汉初，刘邦曾经此去南郑，并烧毁栈道。元始五年（5）王莽修凿此道，设子午关。此后，它常被各方用作军事通道。

子午道曾两次成为国家驿道：东汉安帝时，因羌人起义阻断褒斜道与故道，子午道替代之；唐初，子午道再次被修治为驿道，延伸至涪州后抵达长安。

子午道（张文庆/摄）

（四）傥骆道

古道遗痕万木幽，峰头霓彩映群丘。

无边落叶随风舞，渭水环林绕谷流。

【链接】

傥骆道，是一条从长安经汉中入蜀的千年古道。它北起陕西周至骆峪进入秦岭，南至洋县傥水河谷抵达汉中，全长240千米，是褒斜道等七条蜀道中最快捷却也最险峻的一条。

它得名于傥谷和骆谷，不过两谷并不直接相连，途中要经过多条河谷，翻越四五座大山岭。西骆水河谷与傥水河谷路段仅占全程的1/7，所以它实则是由众多谷道构成的迂回曲折的山谷道路。

三国时，刘备在汉中建立抗曹军事基地，傥骆道是其向北通行的要道。中唐以后，傥骆道成为官道，沿途遍布亭帐馆舍，方便军队使用，官员上任、回京、返乡也多走此路。

傥骆道（黄会强/摄）

（五）陈仓道

阆水山峦扪月近，嘉陵谷涧探千寻。
明烧栈道悬崖处，暗度陈仓汉入临。

【链接】

陈仓道，即故道、嘉陵道。从陈仓向西南出散关，沿阆水（也称嘉陵江）上游谷道至今凤县，折西南沿故道水河谷，经今两当（汉故道）、徽县（汉河池）至今略阳（汉嘉陵道）接沮水道抵汉中，或经今略阳境内的陈平道至今宁强大安驿接金牛道入川。这里发生的著名历史故事，就是韩信提出"明修栈道，暗度陈仓"，使汉王刘邦一举入主长安、夺得天下。

陈仓道（黄会强 / 摄）

（六）褒斜道

水分南北两乾坤，褒谷山中日月吞。
千仞凌云开石径，危崖栈道马惊魂。

【链接】

褒斜道，是古代穿越秦岭的山间大道，秦汉时是咸阳、长安通往陕南、四川的主要驿路。它南起汉中市大钟寺附近的褒谷口，北至眉县斜峪关口的斜谷口，沿褒、斜二水贯穿褒、斜二谷，因此得名，也叫斜谷路，是古代巴蜀通秦川的主干道，全程249千米。

它开凿早、规模大、沿用时间长，随时代发展，为满足经济、政治、军事需求不断整修开拓。《读史方舆纪要》记载，其由夏禹开启，春秋时进一步开凿，战国范雎为秦相时始建栈道。秦惠文王更元九年（前316），张仪、司马错伐蜀，大军经此道，此时谷道已被开凿成可通过大部队和辎重的栈道。汉代建成。

此后，褒斜栈道一直是南北军事、经济、文化交流的必经之路。《史记·货殖列传》称："栈道千里，无所不通，唯褒斜绾毂其口。"自开通后，褒斜道因人为破坏和自然因素多次阻塞，屡经治理，途经路线也多有变化。

褒斜道（黄会强/摄）

（七）米仓道

南郑巴中两地通，穿山越岭逐飞鸿。
萧和追信传佳话，立碣千年傲碧穹。

【链接】

　　米仓古道，始创于秦朝末年，兴于汉代，距今约 2500 年。米仓古道最东面的一段又叫作汉中古道，即陕西汉中通往四川的古道。此路从汉中经通江过平昌（古称江口），由水、陆两路抵绥定（达州），下重庆。

米仓道（黄会强/摄）

（八）金牛道

一线天光险峡迎，关山阻隔苦难行。

五丁力凿金牛道，秦惠王功并蜀成。

【链接】

金牛道又称石牛道。因秦王伐蜀，石牛粪金，五丁开道的故事而得名，自古为中原通往西南的通道。元朝以来，又通称蜀栈、南栈，由汉中西行过褒水，经勉县入山区至金堆铺交宁强界，经大安、烈金坝折南，过五丁关至宁强县城，再转西南，经牢固关、黄坝驿、七盘关入川界而达成都，约600千米。陕西境内共长85千米，多属险峻山径。《雍大记》记述五丁峡（或称金牛峡、宽川峡）云："连云叠嶂，壁立数百仞，幽邃逼窄，仅容一人一骑；乱石嵯峨，涧水湍激，为蜀道之最险。"李白《蜀道难》诗云："地崩山摧壮士死，然后天梯石栈相钩连。"

金牛道（黄会强／摄）

（九）荔枝道

千里山河一路香，荔枝飞递为谁忙？
而今犹说宫中事，相望洋巴古道长。

【链接】

荔枝道，延续千年，历代王朝将它作为从长安通蜀的主要交通要道。天宝年间（742—756），唐玄宗为满足宠妃杨玉环食用新鲜荔枝的喜好，建起一条专供荔枝运输的驿道，史称"荔枝道"，也正是"一骑红尘妃子笑，无人知是荔枝来"的典故。这条古道从重庆的涪陵、垫江到四川的达州、万源，再进入陕西的镇巴、洋县、西乡，在西乡县子午镇与子午道相接，最终抵达长安。它实际上是洋巴道与子午道相加，全长1000多千米。

荔枝道（张文庆/摄）

（十）秦巴道

绝壁危崖野径悬，连云栈道马难前。
天梯陡峭关山越，历井扪参近九天。

【链接】

　　古代秦巴先民克服秦岭、大巴山阻隔，开通了数条陕川东线古道，主要是从长安通往万州、开县、通州的道路，史称秦巴古道。秦巴古道不仅是一条以茶、盐贸易为主的经济动脉，也是一条扼守秦巴门户的军事通衢，还是一条秦、巴、楚多元文化交融的文化走廊。

秦巴道（黄会强/摄）

（十一）茶马道

茶马经商始蜀秦，交通互市往来频。
千年古道遗存在，贸易兴邦利万民。

【链接】

茶马古道，是指唐代以来，为满足当地人民需求，在中国西南和西北地区，以茶叶和马匹为主要交易内容，以马帮为主要运输工具的商品贸易通道，是中国西南民族经济文化交流的走廊。它以川藏道、滇藏道与青藏道（甘青道）三条大道为主线，辅以众多的支线、副线，构成一个庞大的交通网络。地跨陕、甘、贵、川、滇、青、藏，外延达南亚、西亚、中亚和东南亚各国。

茶马道（黄会强/摄）

（十二）秦蜀道

心连古道两相契，李杜诗篇百代传。
望蜀迢遥难胜力，且将吟咏伴千年。

【链接】

传统意义上的蜀道是指周秦汉唐时期从国都长安（今陕西西安）翻越秦岭、大巴山，经过汉中盆地通往成都平原的古道交通网络，拥有超过2300年的历史。两千多年来，蜀道基本形成并沿袭"北四南三"的格局。以汉中盆地为中间站，可将蜀道分为南北两段，一段为穿越秦岭道路，另一段为穿越巴山道路。

秦蜀道（黄会强/摄）

山水　终南览胜

史痕

千年流韵

七绝 伽蓝寻幽(八首)

(一)大兴善寺

古刹开宗佛殿近,凡心遵善度鸿蒙。
三身灌顶千江月,五智如来万里风。

【链接】

大兴善寺,"佛教八宗"(即性、相、台、贤、禅、净、律、密)之一"密宗"祖庭,是隋唐皇家寺院,帝都长安三大译经场之一,位于长安城东靖善坊内(今西安市小寨兴善寺西街),已有1700余年历史,是西安现存历史最悠久的佛寺之一。

《长安志》卷七载:"寺殿崇广,为京城之最。"大兴善寺始建于西晋武帝泰始二年(266),原名"遵善寺"。隋文帝开皇年间扩建西安城为大兴城,寺占城内靖善坊一坊之地,取城名"大兴"二字,取坊名"善"字,赐名大兴善寺至今。

隋唐时代,长安佛教盛行,由印度来长安传教及留学的僧侣在寺内翻译佛经和传授密宗。唐肃宗还在大兴善寺里设置灌顶道场,首开华夏灌顶之风。大兴善寺是一座具有中外影响的古刹,1956年被列为陕西省重点文物保护单位。1983年被国务院列为全国重点开放寺院之一。

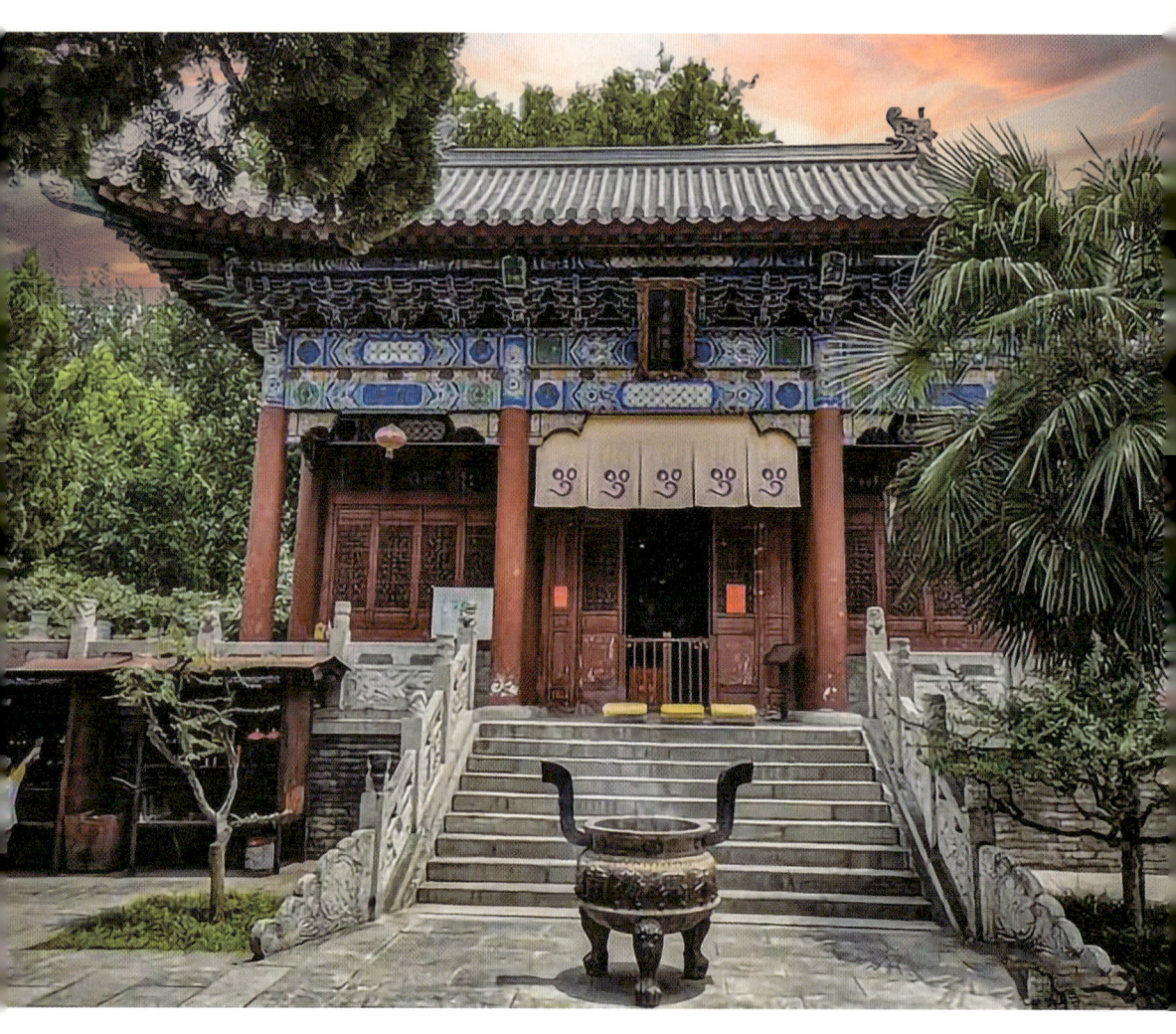

大兴善寺（黄会强／摄）

大兴善寺（黄会强/摄）

（二）大慈恩寺

历览风云万里浮，一声雁叫曲江悠。

名闻遐迩唐时塔，灯映长安古寺秋。

【链接】

大慈恩寺，坐落于西安市南，是著名古刹。它建于唐贞观二十一年（647），为纪念唐太宗李世民之母文德皇后长孙氏而建。作为唐朝皇家寺院与国立译经院，大慈恩寺是中国佛教"唯识宗"的发源地。1961年，大慈恩寺及其大雁塔被列为全国重点文物保护单位；2014年，二者作为文化遗产的一部分，被列入《世界遗产名录》。

慈恩寺塔又名"大雁塔"，为区别后建的荐福寺小雁塔而得名，位于唐长安城晋昌坊（今西安市南郊）的大慈恩寺内，由玄奘法师为供奉从印度带回的佛像、舍利和梵文经典而建，最初为五层砖塔。虽历经多次修缮，与初建时差异较大，但主体结构稳固，至今屹立不倒。如今大雁塔高64米，枋、斗拱、栏额均为青砖仿木结构，内部由数十根木柱、横梁搭成筒状，登塔楼梯沿木结构盘旋而上。这里是玄奘翻译佛经的重要场所，对研究汉传佛教意义重大。

大慈恩寺（张文庆/摄）

史痕 千年流韵

（三）荐福寺

密檐砖塔十三层，座上莲花映佛灯，

星隐紫微云散去，一轮明月为谁升？

【链接】

荐福寺，始建于唐睿宗文明元年（684），是唐高宗李治驾崩百日后，皇室为其献福所建，初名"献福寺"。寺院原本跨唐长安城安仁坊、开化坊，后以小雁塔为中心，全部迁至安仁坊（今西安市永宁门外友谊西路），天授元年（690）改名为"荐福寺"。神龙二年（706），荐福寺扩建为译经院，成为又一佛教学术机构。会昌五年（845）武宗灭佛，它是长安明令保留的四座寺院之一。

荐福寺塔，也就是"小雁塔"，与大雁塔都是唐长安城留存至今的重要标志，位于荐福寺内，始建于唐景龙年间。诗句"香塔鱼山下，禅堂雁水滨。珠幡映白日，镜殿写青春"描绘出它的韵味。小雁塔是中国早期方形密檐式砖塔的典型，原15层，1556年华县大地震震毁塔顶两层，现余13层，高43.4米，塔形秀丽。作为唐代佛教建筑艺术遗产，它是佛教传入中原并融入汉族文化的标志性建筑。

荐福寺（卜杰／摄）

（四）净业寺

樊川古寺隐终南，梵乐钟声伴夕岚。
名冠丛林瞻佛塔，律宗弘法礼檀龛。

【链接】

净业寺，作为中国"佛教八宗"之一的"律宗"祖庭，位于陕西省西安市长安区终南山北麓，距西安市约35千米。据《长安古刹提要》记载："律宗之净业寺，犹相宗之慈恩寺也。因道宣住终南山，又称为南山宗，今寺为各丛林之冠。"净业寺建于隋朝，唐初为高僧道宣的弘法道场，因而成为佛教律宗祖庭。律宗后由道宣再传弟子鉴真传到日本，成为日本律宗的始祖。净业寺是国务院确定的142座汉族地区佛教全国重点寺院之一，寺外峰顶上有道宣律师舍利塔巍然屹立，在中国佛教史上占有重要的地位。

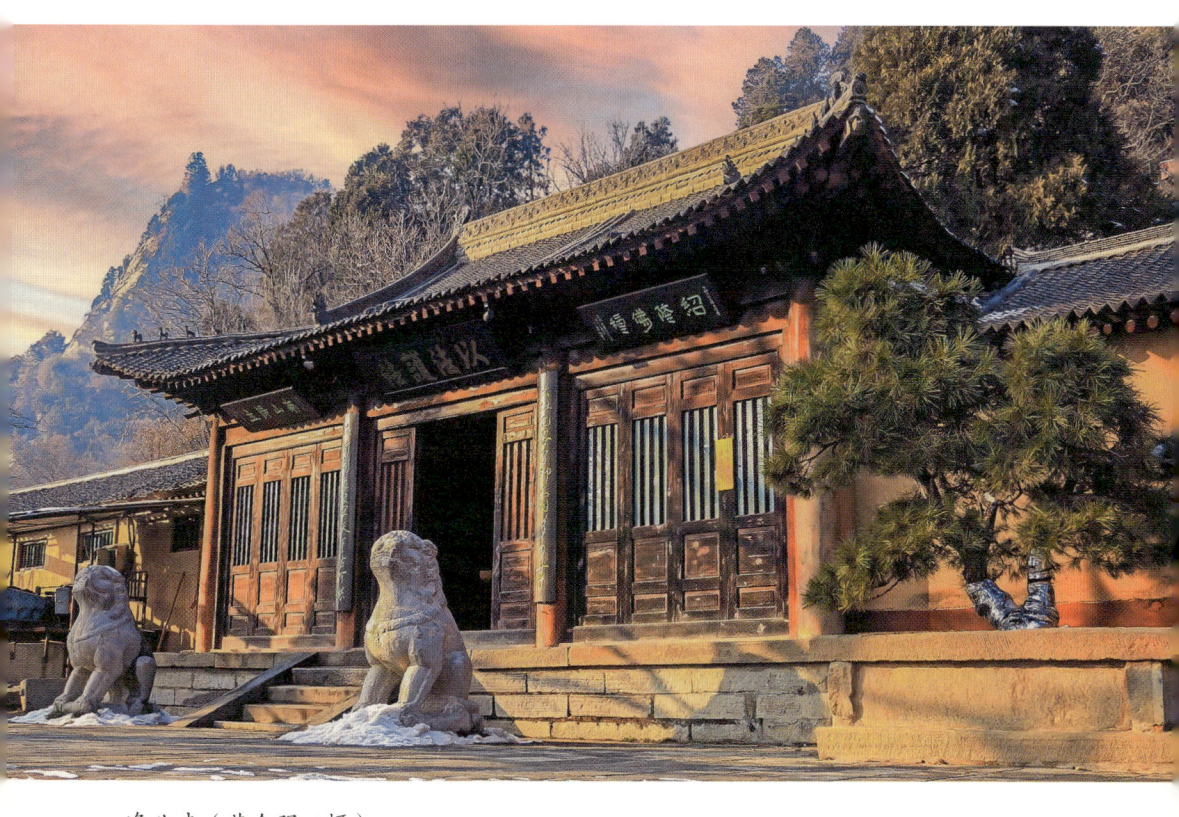

净业寺（黄会强/摄）

（五）草堂寺

圭峰烟雾满庭秋，西域禅师达九州。

百福庄严钟磬远，清风朗月草堂幽。

【链接】

草堂寺，位于陕西省西安市鄠邑区圭峰山北麓，是"三论宗"祖庭，也是中国首座国立佛经译场，佛教中国化的起点，现为全国重点文物保护单位。

它始建于东晋，前身是逍遥园。隆安五年（401），鸠摩罗什在此以草苫为堂译经，草堂寺由此得名。鸠摩罗什译出"中观三论"，奠定三论宗经典基础，被尊为开祖，草堂寺也成其祖庭。

草堂寺被三论宗、华严宗及日本日莲宗共尊为祖庭，布局依佛教规制，寺门朝南，主要建筑沿中轴线分布，东西两侧也有殿堂分布。

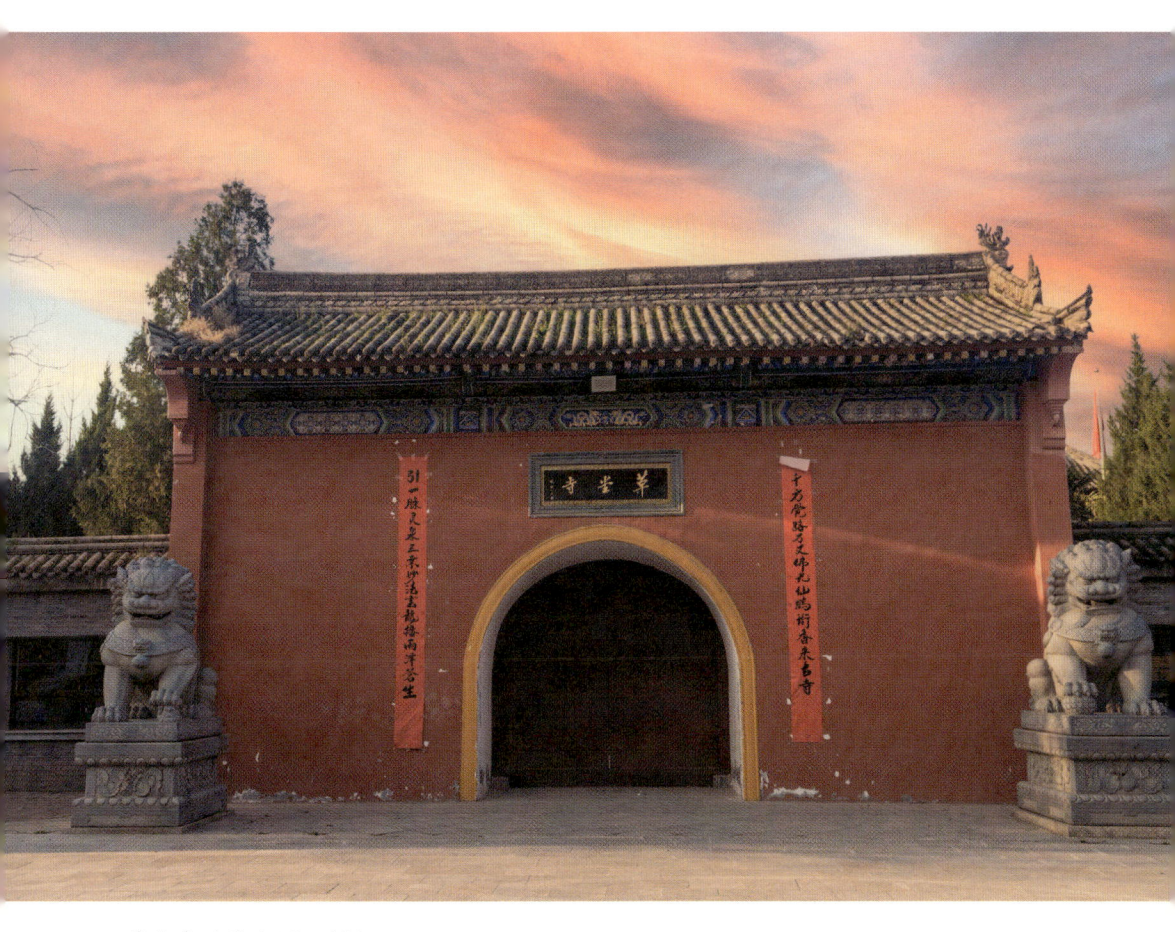

草堂寺（黄会强/摄）

（六）仙游寺

静水奇峰环寺绕，莲花影里数楼台。

仙游不见禅师面，古塔乔迁谷底来。

【链接】

仙游寺，位于陕西省西安市周至县马召镇金盆村南 600 米处，北距县城约 15 千米。地处秦岭最高峰太白山北麓群山突兀的黑河谷内。1998 年 7 月，因兴建西安市黑河引水枢纽工程，经国务院批准，仙游寺从将被淹没的库区整体搬迁保护。新址寺内建有硬山式大雄宝殿、配殿、厢房等，7 层砖石法王塔巍然屹立在金盆大坝的西北端。

仙游寺法王塔（张文庆/摄）

（七）大佛寺

因山起刹掩疏槐，佛像依崖石窟开。

明镜台前寻觉路，慧心参悟拂尘埃。

【链接】

大佛寺石窟，位于陕西省咸阳市彬州市城关镇大佛寺村。它始凿于北朝，兴盛于唐，宋、金、元各代都有改塑、重妆。

大佛寺原名应福寺，北宋仁宗（1022—1063年在位）为养母刘太后庆寿时，将其改名为庆寿寺。这里依山凿窟、雕石成像，130多个石窟错落分布在约400米长的崖面上，有446处佛龛、1980余尊造像，主要包括大佛窟、千佛洞、罗汉洞（佛洞）、丈八佛窟、僧房窟五部分。现存窟龛361个，有造像的窟19个，保留造像1498尊。

2014年6月22日，在卡塔尔多哈召开的联合国教科文组织第38届世界遗产委员会会议上，大佛寺石窟作为"丝绸之路：长安—天山廊道的路网"（由中国、哈萨克斯坦、吉尔吉斯斯坦三国联合申报）的遗址之一，成功列入《世界遗产名录》。

大佛寺（黄会强/摄）

大佛寺造像（黄会强/摄）

（八）玉华宫

溪回松岭玉华宫，七叶湖迎浪万重。

子午岭南留佛迹，译经圆寂仰遗踪。

【链接】

玉华宫，在陕西铜川市西北郊玉华镇，距市区约70千米，北距黄帝陵55千米，南距西安120千米，属乔山山系，海拔1671米。

它原名仁智宫，是唐高祖李渊于624年建的避暑行宫，起初规模小且简陋。647年，唐太宗李世民下令扩建并改名玉华宫，由阎立德设计建造，次年又增建紫微殿，形成宏伟建筑群。

651年，唐高宗李治废宫为寺，赐玄奘在此译经。659年，玄奘到玉华寺译经，4年多完成14部、682卷佛经翻译。664年，玄奘圆寂于此。此后玉华寺渐衰，安史之乱后毁于战火。

玉华宫（张文庆/摄）

乐游原踏青（词三首）

（一）春光好·青龙寺

松槐翠，满庭芳。
赏春光。
塔院几声钟鼓，正悠扬。

礼佛诵经祈福，驱灾四季安康。
新竹萧萧闻梵乐，遍回廊。

【链接】

青龙寺，佛教八大宗派之一密宗祖庭，唐朝佛教真言宗祖庭，位于西安市城东南的乐游原上。该寺建于隋文帝开皇二年（582），原名"灵感寺"。唐龙朔二年（662）复立为观音寺，景云二年（711）改名青龙寺。

青龙寺（黄会强/摄）

（二）定风波·樱花季

叠翠堆红画里天。

蜂飞蝶舞鸟鸣欢。

醉了游人皆忘返。

迷恋。

满园春色共流连。

莫笑媪翁行不倦。

心暖。

樱花飘落似飞仙。

万里苍穹光影幻。

悠远。

登高眺望水云间。

【链接】

1986年，青龙寺在建造日本和尚空海纪念碑时，将来自日本友人及佛教协会馈赠的象征友好和平的樱花树植于寺院内。每到阳春三月，寺院内600多株樱花竞相开放，有清新淡雅的"染井吉野"、雍容华贵的"杨贵妃"、端庄高雅的"普贤像"，游人畅游其中，别有一番情趣。

青龙寺樱花季（石春兰／摄）

（三）捣练子·乐游原

杨柳翠，万花红。

上巳吹来古汉风。

广袖蝶裙多美女，乐游苑上尽玲珑。

【链接】

　　乐游原，位于西安城南，是唐代长安城内地势最高处，登上它可望长安城。唐代诗人李商隐在这里写下了《乐游原》的诗作："向晚意不适，驱车登古原。夕阳无限好，只是近黄昏。"乐游原在秦代属宜春苑的一部分，得名于西汉中期。《汉书·宣帝纪》载，"神爵三年，起乐游苑"。因"苑"与"原"音近，乐游苑即被传为"乐游原"。

乐游原春花盛开（石春兰／摄）

如梦令·观音禅寺银杏古木

秦岭群峰峻峭。

叶落满园金耀。

漱玉拜观音,残漏青灯相照。

幽缈。

幽缈。

禅院梵音缭绕。

【链接】

观音禅寺,位于陕西省西安市长安区东大街办罗汉洞村,距西安市约30千米,因祀奉观音菩萨而得名。始建于唐贞观二年(628),是樊川八寺(兴教寺、华严寺、兴国寺、牛头寺、法幢寺、禅经寺、洪福寺和观音寺)之一。据传,这里曾僧侣云集,寺内银杏古树是唐太宗李世民手植,距今约有1400年。"秋日午后终南清,古寺庭中一树金。万点黄叶落不尽,千年待子到如今。"深秋季节,银杏叶落,满地金黄,为终南山千年古刹之一绝。

观音禅寺银杏古木（黄会强/摄）

古寺庭中一树金（黄会强／摄）

小重山·探秘水陆庵

水绕唐庵翠满山。
游踪寻旧影，溯当年。
悟真追昔尽云烟。
劫波渡，明代改陈颜。

殿内宝光悬。
几千精妙塑，壁间连。
三教融合共延绵。
惊绝技，瑰宝隐尘寰。

【链接】

水陆庵位于陕西西安蓝田普化镇王顺山下，因三面环水得名，前身是唐代悟真寺水陆殿，唐末被毁，明朝重建。

这座四合院式建筑，看似普通，却藏有3700多尊精美彩绘壁塑，被称作"天下第一彩色连环壁塑"，被誉为"第二个敦煌"。殿内壁塑有释迦牟尼故事，融合多种技法，栩栩如生，尽显古人技艺。

此庵儒释道合一，有男身菩萨像，极有研究价值。部分壁塑因岁久受损，保护迫在眉睫。《黑神话：悟空》曾在此取景，遂成旅游热点。

水陆庵（李国庆/摄）

水陆庵彩绘壁塑（李国庆/摄）

临江仙·楼观台

（徐昌图体）

尹喜楼观天象，先师曾授真经。

云开遥见紫微星。

忽闻丝竹奏，吉日问慈宁。

天道往还无数，阴阳玄妙随形。

杖藜寻迹品碑铭。

仙都花解语，周至尽芳馨。

【链接】

楼观台，位于秦岭终南山北麓，南依秦岭，千峰翠绿，楼台重叠，古名石楼山，也叫"说经台"，地处陕西省周至县东南，是道教发祥地与道教圣地，有"天下第一福地"之称。山前是黄土丘陵，核心景观说经台建在海拔580米的山岗上，苏轼曾赞"此台一览秦川小"。

据《史记》记载，西周时尹喜在此观星，周昭王时老子过关，尹喜迎他并拜师，老子写下《道德经》，楼观台也因此成为道教起源地。

唐高祖李渊曾亲率文武百官千余人到楼观台拜祭老子，并诏改楼观台为"宗圣观"。宗圣观曾是楼观台中心。唐玄宗时再次扩建，使其成为当时规模最大的皇家道观和道教圣地。唐代玉真公主隐居楼观修道近50年，对楼观台影响很大。

宋、明时期，楼观台得以扩建整修，香火极为旺盛。明、清两代，楼观台遭洪水侵袭，兵燹之灾，逐渐衰落。清末时，宗圣宫已废毁，唯有说经台（老子祠）保存完整。

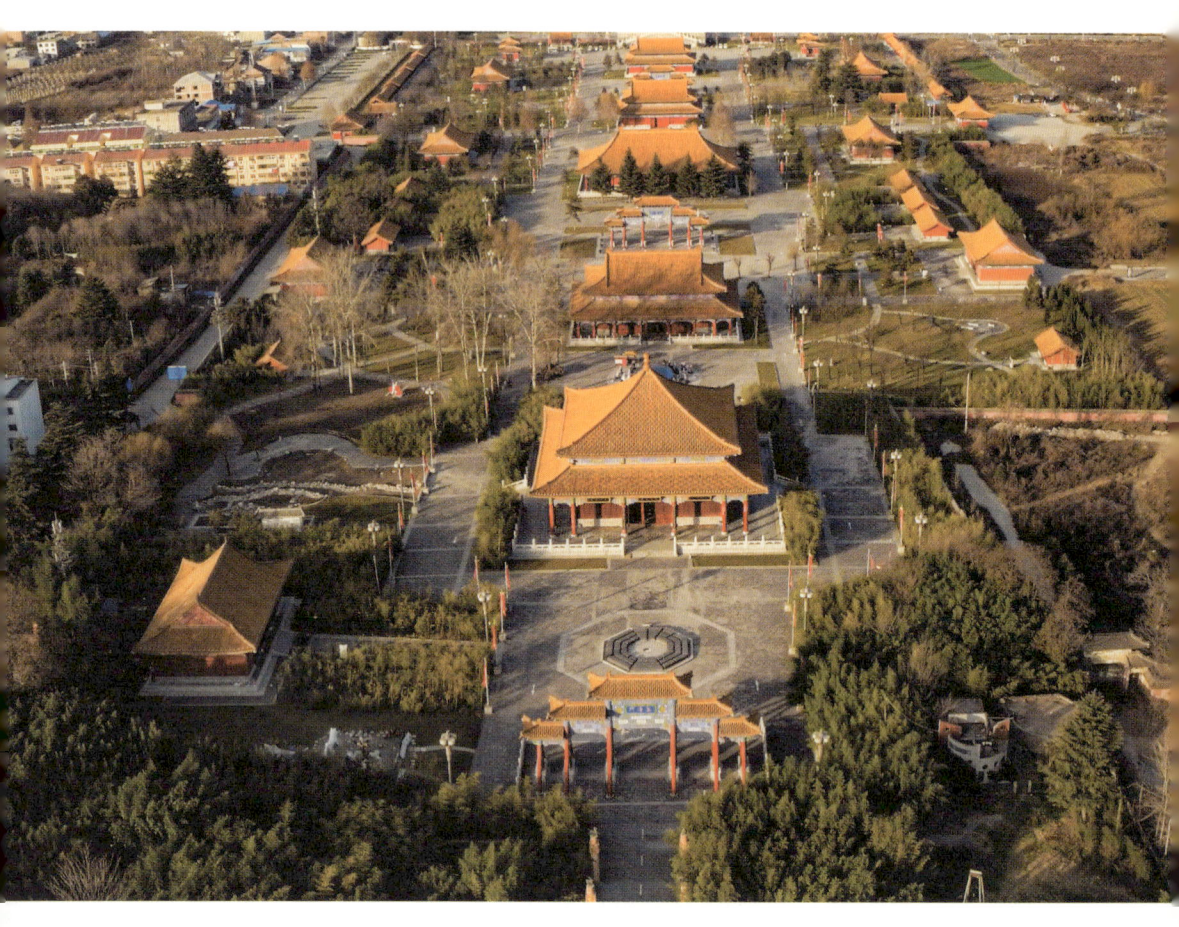

楼观台（张文庆／摄）

沁园春·秦陵怀古

明月当空，极目江河，星耀宇寰。

忆金戈铁马，旌旗招展；狼烟烽火，箭镞飞穿。

驰骋挥戈，中原逐鹿，横扫东西破百关。

巡边策，灭诸侯称霸，一统江山。

四方疆域相连。

得天下，秦宫九鼎还。

冀帝皇家业，集权在手；坑儒焚籍，岂敢陈言。

百仞宫墙，化为焦土；可叹王朝二世完。

如梦也，觅排山兵将，尽付荒烟！

【链接】

秦始皇陵，是中国首位皇帝嬴政（前259—前210）的陵寝，坐落于陕西省西安市临潼区城东5千米的骊山北麓，是首批世界文化遗产、全国重点文物保护单位、第一批国家AAAA级景区。

它从秦王政元年（前246）开建，到秦二世二年（前208）完工，耗时39年，是中国首座规模宏大、设计周全的帝王陵，有内外两重夯土城垣，象征咸阳的皇城与宫城。秦子婴元年（前207），秦始皇陵遭重创。据《史记》《汉书》记载，项羽入关中后，大肆破坏秦始皇陵，不仅毁掉地面建筑，还挖了帝陵。

秦始皇陵（卜杰/摄）

七言　秦俑博物馆

铠甲未解手握弓，骁悍不驯站如松。
兵骑七千雄风在，秦扫六合势如虹。
虽与始皇皆逝去，钲鼓未歇睁双瞳。
与子同袍戈矛整，战车辚辚追夷戎。
异国烽烟惊风雨，一任此身寄飞蓬。
壮士风骨傲天下，骊山遗梦尽成空。

【链接】

秦始皇兵马俑博物馆，在西安市临潼区秦陵镇，1975 年 11 月筹建，1979 年 10 月 1 日正式开馆，它建在秦始皇帝陵兵马俑坑遗址上，距西安 37.5 千米，和骊山共同组成秦始皇帝陵博物院。

1974 年 3 月，兵马俑被发现。1987 年，秦始皇陵及兵马俑坑入选《世界遗产名录》，被誉为"世界第八大奇迹"，是中国古代文明的代表，也是世界八大古墓稀世珍宝之一。

目前，秦俑一、二、三号坑和文物陈列厅已建成开放。秦俑博物馆面积达 46.1 公顷，藏品 5 万余件（套）。一号坑有 6000 多件陶俑、陶马，还有大量青铜兵器；二号坑有 1300 余件陶俑、陶马，内容更丰富、兵种更齐全；三号坑规模小，有 72 件陶俑、陶马。

兵马俑（黄会强/摄）

兵马俑（苟秉宸/摄）

水调歌头·茂陵感怀

烟雨迷阙下,八水绕长安。

依邻泾渭,云涌群壑望中原。

一代英雄武略,北御匈奴驰马,汉武越千年。

华夏拓西域,青史又开元。

五陵雪,松柏翠,指苍天。

江山如画,鉴古资治溯源泉。

遍览群雕碑碣,更有琳池异宝,远瞩且凭栏。

薪火相传递,丝路启新篇。

【链接】

茂陵,汉武帝刘彻(前156—前87)的陵墓,位于陕西省咸阳市兴平市,是汉代帝王陵墓中规模最大、修造时间最长、陪葬品最丰富的,被称为"中国的金字塔"。传说汉武帝刘彻在一次打猎的过程中,因在茂乡附近发现了一只麒麟状的动物和一棵长生果树,便认定茂乡是一块风水宝地,于是下诏将此地圈禁起来,开始营建陵墓。此地原属汉时槐里县之茂乡,故称"茂陵"。

茂陵于建元二年至后元二年(前139—前87)建成,历时53年。还有李夫人、卫青、霍去病、霍光、金日䃅等陪葬墓。1961年3月4日,茂陵被国务院公布为第一批全国重点文物保护单位。2014年8月,包括茂陵在内的29座汉唐帝陵被列入申报世界文化遗产项目名单。

茂陵（黄会强／摄）

茂陵（苟秉宸/摄）

五律　杜邑遗址公园

杜邑城头月，松间水映霞。
白云依鸟道，翠竹近人家。
枯草寒凝露，秋枫艳胜花。
闲来原上走，极目望天涯。

【链接】

杜邑遗址公园，位于西安市曲江新区，围绕汉宣帝刘询及皇后的合葬墓群改建而成，总面积8.7平方千米，分为开苑山、何青坪、杜东院、树花苑、芳菲憩、紫薇林、汉风台、红枫林等8个区域。公园内设有多个展示区，如陵园遗址展示区、陪葬墓群保护展示区、杜陵邑旅游服务区、杜东苑汉学展示教习区、文创产业体验区和杜陵博物馆区。

杜邑遗址公园（赵居阳／摄）

杜陵陵园遗址（石春兰／摄）

七绝　唐陵怀古

河边旷野披烟霭，寂寞嵯峨故帝陵。
凤阙龙台存几许，田畴千亩盼三登①。

【链接】
　　三原县有献陵（唐高祖李渊）、庄陵（唐敬宗李湛）、永康陵（唐武宗李炎）三座唐代帝王陵。陵墓阙台遗址神道石刻犹存，草木萧疏，人迹稀少。
　　①三登：连续二十七年皆五谷丰收谓"三登"，亦借指天下太平。

献陵（淮海／摄）

庄陵（淮海／摄）

七律　昭陵访古

苍松翠柏石嶙峋，遥望九嵕杨柳新。
风送泉声鸣壑涧，夜观月影忆君臣。
人生有限难长久，世事皆棋亦等伦。
今到昭陵寻六骏，何来泉水洗嚣尘？

【链接】

　　昭陵是唐朝第二代皇帝李世民和文德长孙皇后的合葬陵墓，是陕西关中"唐十八陵"中规模最大的一座，位于陕西省礼泉县城东北22.5千米的九嵕山上。唐昭陵占地达34万亩，是世界上最大的皇家陵园。现已核实的陪葬墓多达193座，是世界上陪葬墓最多的帝王陵墓。陪葬昭陵的人物，基本包括了唐立国百年来所有的知名大臣、皇亲国戚和三品以上官员。

昭陵（黄会强/摄）

昭陵（苟秉宸/摄）

昭陵（黄会强/摄）

七绝　谒桥陵

苏愚山顶接苍冥，千载迢遥望故庭。
朱雀欲飞狮虎吼，道旁翁仲柏青青。

【链接】

桥陵，又名桥冢，是唐睿宗李旦之陵墓，建于开元四年（716），位于陕西省渭南市蒲城县城西北15千米的丰山（唐时称为"桥山"，又称"苏愚山"）西南。当地人依其展翅欲飞的天然形势，称其为凤凰山。峰峦起伏，沟壑纵横，诸峰自西向东北方向延伸，与秦岭诸峰遥遥相对。陵区神道两侧石刻精美，气势磅礴，有"石刻甲天下"之美誉。历经1300多年风蚀雨剥，依然气势磅礴，蔚为壮观，堪称盛唐石刻艺术的精品。

桥陵（卜杰/摄）

七绝　仰仁风

阙楼帝冢指天穹，神道依山太极功。
两让登基开盛世，谦恭孝悌有仁风。

【链接】
李旦曾两次登基，但在位时间均不长，因能洞察形势，先让位于其母武则天，后又禅让给太子李隆基，为开元盛世奠定了基础。

七绝　谒泰陵

诸峰环拱沐朝暾，翼马蕃酋九五尊。
盛乱传奇千古事，长生殿里恨长存。

【链接】

泰陵，是唐玄宗李隆基之墓，位于陕西省渭南市蒲城县东北15千米的金粟山。陵区以玄宫为中心，依山势构筑陵墙，平面布局分内外两城，酷似京师长安。翼马直达天庭，蕃酋布列成阵。李隆基是唐朝第七位皇帝，也是中国历史上最具传奇色彩的皇帝之一。他因"开元之治"把唐王朝推上极盛的巅峰，又因"天宝之乱"把唐王朝推向几近倾覆的深渊。一出《长生殿》流传千古，一曲《长恨歌》唱尽风流。

泰陵（卜杰／摄）

念奴娇·马嵬驿

渔阳鼙鼓，见马蹄正疾，烽烟方烈。
肃寂寺中留绮梦，多少欢歌情孽。
夜雨纷纷，六军不发，无奈香魂灭。
风寒光冷，昔年孤冢霜月。

一代倾国倾城，几蒙皇宠，起舞惊宫阙。
颓势此时难抵挡，岂可退师回卒！
迁怒红颜，玉环何罪，怎掩君昏悖？
马嵬遗恨，可怜恩断情绝！

【链接】

马嵬驿，即马嵬坡，距陕西省兴平市西约 11 千米。天宝十五年（756）六月，反叛唐朝的安禄山率军攻入潼关，唐玄宗于七月十二日决定携杨贵妃、杨国忠、太子李亨，以及诸皇亲国戚和心腹宦官离开长安，逃往四川。次日晚，行至马嵬驿时，护驾军士杀死了祸国殃民的杨国忠，并要求唐玄宗立即处决杨贵妃。此时 72 岁的唐玄宗已自身难保，只得命杨贵妃自缢。38 岁的绝代佳人死后葬于马嵬坡。

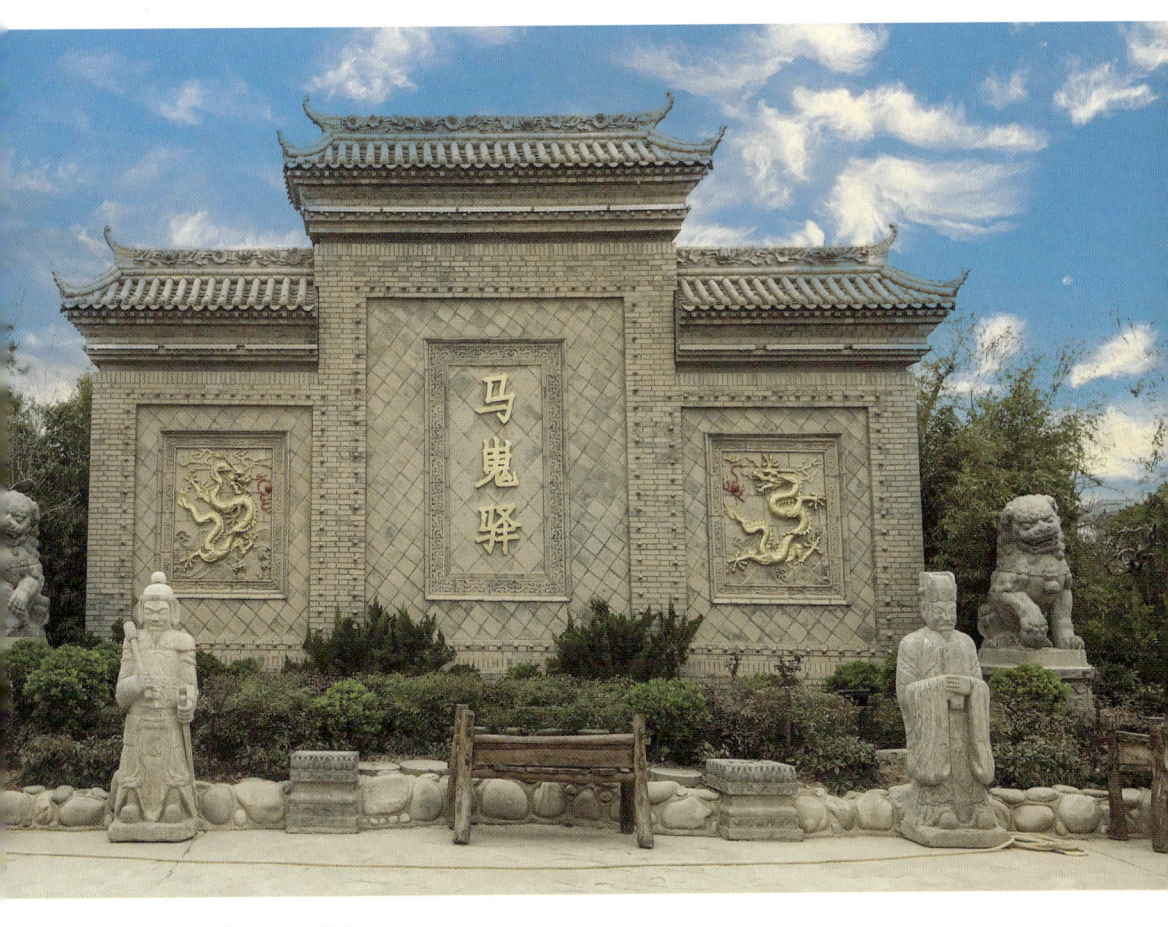

马嵬驿(黄会强/摄)

喜春来·西安钟鼓楼（三首）

（一）

明时双阙依城起。
洪武遗音岁岁飞。
晨钟唤醒几朝熙。
暮鼓催。
胜景映朝晖。

（二）

钟楼肇始街相对。
万历移基气势巍。
重檐攒顶映晴晖。
南北归。
车马贯东西。

（三）

鼓楼先筑高台地。
券洞连通向北驰。

雕梁画栋绘神奇。

千曲飞。

余响绕春枝。

【链接】

西安钟楼与鼓楼位于西安市中心，是古城标志性建筑。二者均为明代风格，遥相呼应，古朴雄浑。

西安钟楼始建于1384年，原址在西大街北广济街东侧，1582年迁至现址。它是重檐三滴水式四角攒尖顶阁楼建筑，面积1377.64平方米，立于方形基座上，基座下有十字形券洞，连通四条大街。

西安鼓楼建于1380年，比钟楼稍早，坐落在长方形台基上，台基下有南北向券洞，尽显稳重。

西安钟楼（黄会强/摄）

西安鼓楼（黄会强/摄）

殿前欢·西安城隍庙

步城隈。
城隍古庙客成堆。
雕梁画栋谁描绘？
鼓乐萦回。

金身映烛辉。
传祥瑞。
仙界施恩惠。
年年祈福，心梦同归。

【链接】
　　西安城隍庙，位于莲湖区，始建于1387年，原址在东门内九曜街，1432年迁至现址。作为天下三大城隍庙之一，统辖西北数省城隍，又称"都城隍庙"。
　　它布局规整对称，南北长380米，面积3011平方米，有文昌阁、大殿等建筑，庙内木雕、石雕、砖雕精美。
　　这里是道教正一派道场，供奉大将纪信，每年定期举办迎神酬神活动。庙中城隍鼓乐源于唐代宫廷音乐，有"中国古代音乐活化石"之称。
　　每年农历正月初一、十五，四月初八，八月中秋是庙会，为期三天。其间有宗教仪式、民俗表演，还有小吃摊、工艺品摊，热闹非凡。

城隍庙（李国庆/摄）

城隍庙（石春兰/摄）

七言　登城墙有怀

终南夕照秋云近，雄峻壁立苔痕萦。
千秋雉堞今犹在，伫听风铃攀庀行。
十三皇朝兴废地，读史处处见衰荣。
隋灭北周建大兴，堑河环绕护宫城。
孤独帝廷生内变，唐王辕门列旗旌。
九重闾阖开天阙，万邦来朝礼相迎。
安史之乱劫未了，邑破桥圮势如倾。
有明方知缓称霸，积粮筑垣饬门楹。
几代兴替烟灰灭，城阙荒凉颓万甍。
怅望四隅化尘土，墙头雪残悲怆情。
修葺高墉景如旧，五位一体更闻名。
日出章台祥光动，月下步道瑞气盈。
沧桑斑驳镌砖上，长安远播钟鼓声。

【链接】

西安城墙，始建于隋代，唐城墙由隋皇城缩建而成，明城墙在市中心区，呈长方形，轮廓内是古城区，钟楼、鼓楼就在其中。

新中国成立后，政府大力修缮，让城墙重焕生机。从 20 世纪 80 年代的"全民保护城墙工程"到如今的"预防性保护"探索实践，如今已发展成"墙、林、路、河、巷"五位一体的景区。西安护城河开凿于唐末，是仅存的四条古护城河之一，2023 年入选水利发展典型案例。

古城余晖（卜杰/摄）

史痕　千年流韵

七绝　长安即兴（八首）

（一）迎宾入城

门启永宁回大唐，落霞流彩映城墙。
笙歌丝竹霓裳舞，鼓乐华灯日月长。

【链接】

长安，是中国规模宏大的古城之一，唐代长安更是东方世界的中心。西安城墙永宁门仿唐入城仪式，是西安的标志性演出，也是接待中外贵宾的最高礼仪。

永宁门，是西安正南门，建于隋开皇二年（582），寓意安宁，是西安历史最久、沿用时间最长的城门。

仿古迎宾入城仪式，参考古礼和盛唐礼仪，融入民间礼仪，道具、服装等都模仿唐风，1996年首秀，2014年成为城墙品牌演出。仪式分两部分，表达对友好往来、世界繁荣的祈愿，克林顿、吴作栋、莫迪等众多海内外贵宾都曾观赏。

迎宾入城式（黄会强/摄）

迎宾演出（苟秉宸/摄）

（二）梦幻长安

风韵隋唐绮梦长，千秋城阙奏华章。
胡姬商贾来西市，丝路迢遥夜未央。

【链接】

长安，是众多国人心目中的天子之都、梦想之城。西安明城墙的东南西北四门之外，皆围有一座方形瓮城。南门瓮城，为明清西安城南门外拱卫城门的小城。此城门原为隋唐长安皇城的安上门，唐末韩建以皇城改筑为新城时保留了此城门。西安南门瓮城不开正门，属于明代城堡正门瓮城建筑的一种制式。南门瓮城大型歌舞表演，以"梦长安"为主题，有"永恒之城""唐韵风神""盛世国都""天下长安"四个章节，将1400多年前的大唐文化艺术元素演绎得淋漓尽致。

梦幻长安（黄会强/摄）

史痕 千年流韵

（三）登钟鼓楼

八方声动遍千家，暮鼓晨钟万里霞，
一览古城文武地，风磨宝顶洗铅华。

【链接】

西安钟楼，位于市中心的东西南北四条大街的交会处。建于明太祖洪武十七年（1384），初建时在今广济街口，与鼓楼相对，明神宗万历十年（1582）整体迁移于今址。是中国现存钟楼中形制最大、保存最完整的一座。

西安鼓楼，位于钟楼西北方约200米处。建于明太祖朱元璋洪武十三年（1380），是中国古代遗留下来众多鼓楼中形制最大、保存最完整的一座。古时当钟楼敲响第一声报晓晨钟，城内100多个里坊的鼓声依次跟进，200多座寺庙也相继撞响晨钟，重重城门、坊门、宫门，依次缓缓开启，正所谓"长安回望绣成堆，山顶千门次第开"。

钟楼（李国庆/摄）

史痕 千年流韵

（四）城墙远眺

远眺阳关万里长，城头晚桂播幽香。
雁行南去传秋意，怀古幽思寄远方。

【链接】

西安城墙，始建于隋开皇二年（582），明洪武年间，在唐长安城皇城的基础上又进行了扩展和重建。西安城墙现周长13.74千米，包括护城河、吊桥、闸楼、箭楼、城楼、角楼、敌楼、女儿墙、垛口等一系列古代建筑设施，是中国现存规模最大、保存最完整的古代城垣建筑，为国家首批重点文物保护单位。

西安城墙夜景（苟秉宸/摄）

（五）登长安塔

秋夕何寻桂魄圆，夜来忽见雨绵绵。

庭花寒影无弦乐，登塔凭栏水接天。

【链接】

长安塔，作为园区的观景塔，曾是2011西安世园会的标志，由中国工程院院士张锦秋设计，位于浐灞生态区的制高点——小终南山上。塔高99米，地上七明层六暗层，保留了隋唐方形古塔的神韵，既体现了中国建筑文化的内涵，又彰显出时尚的现代都市风貌。登塔远眺，层层山岭高耸入云。氤氲的水汽在山间凝结形成降雨，遂汇流成河：东有灞河、浐河，西有沣河、涝河，南有滈河、潏河，北有渭河以及发源于黄土高原的泾河。水天一色，呈现"八水绕长安"这一千年古都与大自然共生共荣的生态景观。

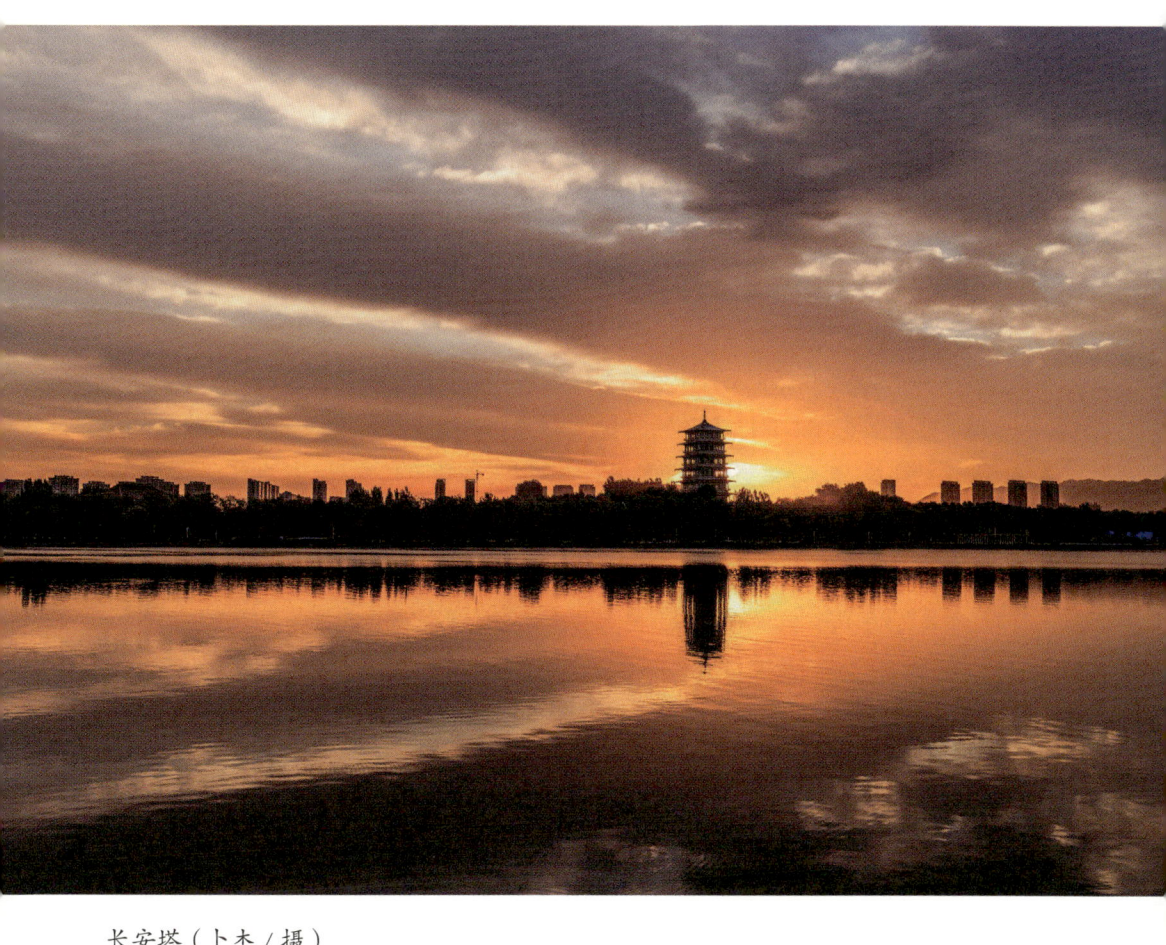

长安塔(卜杰/摄)

（六）上元灯会

城头举目觉心宽，光舞通衢夜未阑。

点亮千灯明里巷，烟花正月别严寒。

【链接】

从1984年开始，正月十五逛西安城墙灯会就成为许多西安人春节的保留节目。那盏盏花灯，寄托着希望，更是一种温情。西安新春城墙灯会使西安充满了浓浓的年味。每年灯会的主题都是以当年的生肖作为创意，一般布置在文昌门与永宁门之间，长度不长，步行约20分钟。从文昌门下来就是非常有名的西安碑林，再往前就是东门，观灯游城墙美不胜收。

2023年西安城墙新春灯会意义特殊，这是疫情后的首次举办。2023年1月14日晚8时许，从文昌门至勿幕门，锦绣中华区、欢乐祈福区、盛世长安区、传世非遗区、童梦奇缘区、梦幻时空区6大主题区14个灯组依次点亮，庄重的城墙在灯光的映照下，增添了温馨、祥和与时尚、灵动的气息。当晚在启动仪式现场，西安城墙又一重磅原创——"盛唐天团"IP人物形象正式首发，引起各方关注。大屏幕上，"唐小妃""城小将""李小白""波斯客"四个人物伴随动画出场。这四个可爱、精致、既有历史韵味又有现代感的卡通形象，早在2022年4月便被1300万西安人熟知，一时间刷屏朋友圈，并成功登上微博热搜。

上元灯会（黄会强/摄）

（七）访八仙宫

道教名庵悟八仙，酒旗商肆化云烟。
迷途梦醒黄粱处，别有乾坤一洞天。

【链接】

八仙庵，也叫"八仙宫"，位于陕西省西安市东关长乐坊，曾是唐代兴庆宫的一部分，占地110亩，有三进院落，是西安最大的道教庙宇。它因"八仙"传说而闻名，是道教全真派十方丛林和仙迹圣地。

"八仙"最早指唐代"饮中八仙"，其聚饮处就在八仙庵现址。据记载，宋代郑生在长乐坊遇八仙显化，便建庵祭祀，吕洞宾也在此被汉钟离点化悟道，演绎出"八仙"传说。

八仙庵始建于宋代，元、明、清多次翻修。1900年，慈禧和光绪西逃西安，赐银修牌坊并赐名"敕建万寿八仙宫"。新中国成立后，政府多次修缮，1996年成立管委会。现存殿堂为明清风格，古朴庄严，布局精巧，环境优美。

八仙宫（苟秉宸/摄）

（八）南湖芦花

曲江露白正秋朝，几处蒹葭指碧霄。
独傲寒霜芦雪美，珍禽临岸亦逍遥。

【链接】

曲江池遗址公园由著名建筑大师张锦秋担纲总设计。这个开放式公园、国家AAAAA级景区是在唐原址上以秦、汉、隋、唐曲江池遗址为摹本重建的。曲江池水面南北纵长达1088米，东西宽窄不等，最宽处达552米，分上池和下池两部分，占地1500亩，其中水域500亩；地势南高北低，以曲江池水面为中心，围绕水面曲折回环，时常可见黄苇鹣、凤头鹨鹏等珍稀水鸟栖息和活动在沼泽及苇草丛中。

芦花（卜杰/摄）

七律　观《李白长安行》

莫笑当年李白狂，一樽聊复酹君尝。
风生古巷鱼堪脍，月满唐都酒尽觞。
塞外关山沉夕日，宫中诗赋抒愁肠。
庙堂焉得欢心志，何及江湖万里长。

【链接】

大型秦腔新编历史剧《李白长安行》由白阿莹编剧，通过五幕剧情，讲述了唐朝天宝年间诗人李白被招为翰林供奉来到长安城后发生的故事。此剧不仅展现了李白的诗仙风流，还塑造了一个极富正义感的文人形象。他在促进丝路文化交流和成全薛仁与花燕的传奇爱情时，不惜触怒权贵。最后，深深失望的诗人，只能挂冠而去，以道骨仙风去追求生命的本真。李白三年长安行，终于回归真性情，他由庙堂人生最终转向了山林人生，这使他的人格完成了一次高层次的回归。

《李白长安行》演员与编剧白阿莹合影（蒲国伟／摄）

念奴娇·诗酒长安九万里

（步苏轼词原韵）

殷商问鼎，望凤翔西府，寻觅龙迹。
论剑华山光耀处，举目晴空澄碧。
登顶斯峰，临风把酒，诗赋吟家国。
纵横千里，望穿云水历历。

古曲佳酿香浓，举杯共醉，八方长安客。
多少流觞忧乐事，回首相看朝夕。
谈笑年年，时光飞逝，追月凭鹏翼。
梦归桑梓，牧童牛背吹笛。

【链接】

2024年央视春晚西安分会场"山河诗长安"和中秋诗会"诗意满长安"震撼全国。在一眼万年的长安城龙年初雪时，在大唐不夜城"云鬓花颜金步摇"的移步换景间，在西安灞河之畔"琼楼玉宇"恰似"天上宫阙"的景色中，万人同吟《将进酒》，与李白隔空对诗，酿造出"诗酒长安三万里"的世纪豪情，身着唐装的女子穿越到浐灞国际港吟诵"长相思，在长安"的诗情画意。2024年来西安旅游的人数达3.06亿人次。

大唐不夜城（李文泽/摄）

七绝　昆明池怀古（六首）

（一）演习水师

指麾击棹唱秋辞，汉武当年习水师。
欲伐昆明陈战舰，踏平西海势穿池。

【链接】

　　汉武帝曾派使臣打通西南夷通往身毒、大夏的道路，因经昆明时遭阻，帝大怒。元狩三年（前120），汉皇"欲出昆明万里师"，在长安西南仿照滇池地形开凿了昆明池，并置办兽形雕饰的战舰百艘，习练水师。用扬子鳄的皮做鼓面，击鼓出征，青帜白旌，迎风招展，箭羽枪缨，气势如虹。

演习水师（石春兰／摄）

（二）昆池劫灰

连池波涌有艨艟，拓土开疆立世功。
何觅旌门灵沼处，远征黩武怅秋风。

【链接】

汉武帝接受董仲舒尊崇儒术的建议，还采纳桑弘羊建议，将冶铁、煮盐、铸钱收归官营，国力日盛。并派张骞两出西域，任用卫青、霍去病为将，出击匈奴，夺取河西走廊，将当时汉朝的北部疆域从长城沿线推至漠北。既有平南越、斥匈奴、兴太学、崇儒术的文治武功，又有敬神仙、请方士，因横征暴敛致使"流民愈多，盗贼分行"的过错。踌躇满志的汉武帝在"秋风起兮白云飞，草木黄落兮雁南归"的时节，不由得发出"乐极哀来"的感叹。

昆池龙涎（石春兰/摄）

（三）皇家池苑

宫阙华灯映水池，楼台夜宴共吟诗。
赤鲸腾跃花千树，车马萧萧忆旧时。

【链接】

昆明池畔自东汉后便成为皇家游览胜地和文人酬唱之所。传说景龙三年（709）唐中宗李显巡游至此，以赤鲤跃水为吉兆。至北宋时，昆明池逐渐废弛干涸，风光不再。如今重建的斗门水库，在兼顾供水、蓄洪、修复生态环境等功能的同时使当年皇家池苑的景象得以再现。

昆明池（苟秉宸/摄）

（四）七夕传说

鹊桥遥对广寒宫，鹬鸟飞来入碧空。
守望年年迎七夕，镜花几度映灯红。

【链接】

东汉杨震撰《关辅古语》记载："昆明池中有二石人，立牵牛、织女于池之东西，以象天河。"据考证，唐肃宗时，这里就建有石父、石婆神祠，史有七夕相会传说的记载。现发现的牛郎织女石像，民间称为石爷石婆，是西汉时期的石刻遗存，距今已有2000多年的历史。

鹊桥仙（邹建江/摄）

（五）历朝绮梦

七夕星桥伴紫宫，瀛洲楼舰借东风。
历朝旧事连春梦，荷苑披霞可与同？

【链接】

通过梳理昆明池兴衰的脉络可知，这个当年的皇家苑囿和水军训练地，废弛后曾承担城市蓄水和泄洪的重任，现已辟为游览胜地和开展文化活动的平台。余曾赞之云："沣东故址可探微，引汉为湖起绿帏。滋润万家怀盛世，一池碧水映晨晖。"人们可以从历代文人骚客的吟咏和出土的石鲸、牛郎织女石刻等文物中，追寻昆明池的遗梦长歌。

碧水映晖（石春兰/摄）

（六）读《秋风辞》

汉武秋风击棹歌，泛舟箫鼓济汾河。
英雄迟暮犹长叹，少壮悲欢老奈何？

【链接】

汉武帝在位54年，征伐四方，文治武功，君临天下，山呼万岁；后因迷于封禅求仙，挥霍无度，徭役繁重，致使民力日殆，国库虚空。当年汉武帝击棹所作《秋风辞》云："欢乐极兮哀情多。少壮几时兮奈老何！"竟然一语成谶，晚年陷于巫蛊，杀戮太过，父子相残，太子自杀，托孤霍光。汉武帝悔悟痛思，遂下《轮台罪己诏》曰："朕即位以来，所为狂悖，使天下愁苦，不可追悔。自今事有伤害百姓，靡费天下者，悉罢之。"

汉城湖大风阁（黄会强／摄）

五言 春到"诗经里"

春到诗经里,关雎最悠长。
偕子之手老,鹿鸣琴瑟扬。
采薇望城阙,伊在水中央。
同胞生死契,烟火穿玄黄。
故国风雅颂,桃夭播芬芳。
千年赋比兴,曲水尽流觞。

【链接】

"诗经里"位于陕西省西安市沣河之滨的诗经主题文化景区,2017年9月27日正式开园。景区规划面积约482亩,分三期建设,以诗经文化为核心,将《诗经》里的音乐、人物、风俗具象化为景观与建筑。

景区内有国风广场、鹿鸣食街、关雎广场、小雅书社等,能举办《诗经》中的礼乐盛典。在景区的中国古琴博物馆,游客能看到经典唐琴,欣赏周朝礼仪表演和百人抚琴,听古典琴师现场弹奏《关山月》《蒹葭苍苍》等曲目;在中国诗经文化中心,参与"风雅颂"演出,沉浸式体验诗经文化。

诗经里（石春兰/摄）

七绝　秦地祖脉（三十一首）

（一）潼关隘

潼关要隘越千年，山聚河奔读史篇。
重岭云遮高峻处，寄怀一阕望秦川。

【链接】

潼关，始建于东汉建安元年（196），位于陕西省渭南市潼关县北，雄踞秦、晋、豫三省要冲之地。南有秦岭，北有渭、洛二川汇黄河抱关而下，西近华岳，成为出入西北的锁钥。《水经注》载："河在关内南流潼激关山，因谓之潼关。"

潼关是关中的东大门，历来为兵家必争之地，素有"畿内首险""四镇咽喉""百二重关"之美誉。乾隆皇帝游历至此，感慨潼关之险峻，在城楼外横额上留下"第一关"的鎏金御书。登高望远，抚今追昔：古城、驰道、关隘、烽燧、堡寨、城墙、渡口等曾涌动多少历史风云，留下多少名人故事，真是"峰峦如聚，波涛如怒，山河表里潼关路。望西都，意踟蹰。"

潼关隘（黄会强/摄）

史痕　千年流韵

（二）泗州城

南巡聚落列军屯，歧路方城觅有痕。
别梦长遗千古恨，尘光无迹亦伤魂。

【链接】

　　泗州城遗址，位于陕西省潼关县太要镇南巡村，为西周时期聚落遗址。据考证，远古时期这里还是一片泽国。"泽国江山入战图""一将功成万骨枯"，塬台上现存的遗址，曾是屯营练兵的堡寨，呈长方形，四面有间断的墙体残迹。现为陕西省第五批文物保护单位。

泗州城遗址（石春兰／摄）

（三）汉城墙

雄关风雨守篱藩，夯土残墙古塞原。
麟趾城池秦汉月，云山暧霴日初暄。

【链接】

潼关汉城遗址，位于秦东镇杨家庄村北，东至远望沟，西至禁沟，南至杨家庄村北头，北至黄土塬边夯土城墙。北墙外，土坡下沿临近黄河南岸。城池东西以沟壑为界，呈长方形布局。南北长约1500米，东西宽约1000米。夯土墙残留厚度6—7米，残留高度3—8米，夯层厚6—12厘米，平均厚度10厘米。

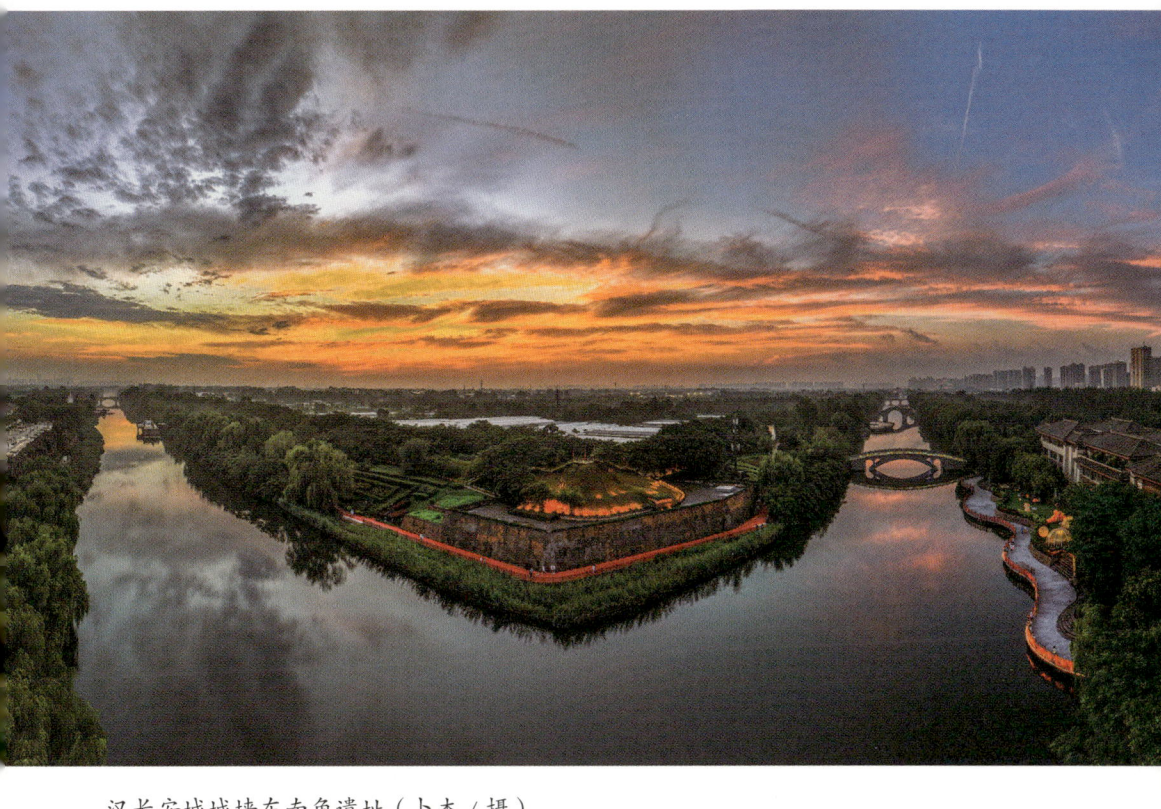

汉长安城城墙东南角遗址（卜杰／摄）

（四）烽火台

禁沟西岸燧相连，踏石穿林影倒悬。
俯瞰众山城郭远，晴川峭壁锁狼烟。

【链接】

潼关烽火台，又叫十二连城、墩台，是省级文物保护单位。它在陕西省渭南市潼关县城东约3千米的禁沟西岸，南起秦岭蒿岔峪口，北至石门关（今王家园附近），是古代军事通信报警设施。

烽火台每隔3里有一个土墩，共17个，也叫烟墩。土墩为梯形，用土夯筑，底边长10.5米，高7.6米。台上焚烟，台下有守兵，每3里设一城，每城驻兵百人，配备武器，相互呼应，有变故就焚烟举火报警，后连接成城。

其年代原认为在唐代至清代，有学者提出上限或在汉魏时期，甚至可追溯到西周秦孝公九年（前353）。古时，它和潼关故城、秦岭、禁沟组成坚固防线。

烽火台（黄会强/摄）

（五）乾坤湾

阴阳太极碧流环，曲水汤汤过此湾。
天地造化呈异象，大河东去出函关。

【链接】

乾坤湾，位于延安市延川县东南部，总面积32平方千米，是黄河蛇曲国家地质公园的核心片区。它在黄河经秦晋峡谷延川段由北向南依次形成五个S形大转弯（旋涡湾、延水湾、伏寺湾、乾坤湾、清水湾），其中乾坤湾超大弯度达320度，相传中华人文始祖伏羲氏，曾在乾坤湾仰观天象，俯察地理，萌发灵感始创八卦，从此开启了华夏文明的先河。

乾坤湾（苟秉宸/摄）

史痕　千年流韵

（六）会峰寨

东临三水寨墙环，天险凭依御匪顽。
虎踞龙盘连峻岭，一夫守卫可当关。

【链接】

会峰寨位于延川县乾坤湾镇牛家山村，是一处天然古寨。山寨东临黄河，三面环水，寨内人工遗存建筑建于明代嘉靖二十五年（1546）。古人凭依会峰山天险修筑寨墙、寨门、哨楼等，形成"虎踞龙盘，固若金汤"之势，成为陕北现存最早的军事防御工事之一，被誉为陕北"小华山"。

会峰寨（石春兰/摄）

（七）魏长城

残垣断壁土夯墙，杖策寻幽尽八荒。
春树烟笼千里月，目追塞雁驿亭旁。

【链接】

韩城魏长城，位于韩城老城南10千米处的龙亭乡境内。从合阳延伸入境，东起城南村，西至城后村，全长20千米，建于春秋时期梁惠王五十九年（前351），比秦长城早130多年，是全国重点文物保护单位。

魏长城（石春兰/摄）

（八）龙门潮

春潮万里涌龙门，岩壁千寻水凿痕。

秦晋沧桑存古迹，双悬日月照晨昏。

【链接】

龙门，位于韩城市区以北30千米处龙门镇境内的秦晋大峡谷内，此处两岸悬崖相对如门，传说唯神龙可越，故称龙门。相传为夏禹所凿，故又名禹门。龙门宽80米，形如闸口，扼黄河咽喉，水流湍急，汹涌澎湃，正如诗人所云："禹门三级浪，平地一声雷。"沿龙门逆水而上约4千米为"石门"，是黄河最窄之处，两岸断崖峭壁，如同刀砍斧劈，山水相映，极其壮美。再向上游36千米，就是著名的壶口瀑布。"黄河西来决昆仑，咆哮万里触龙门"。这里有着大禹治水、鲤鱼跃龙门的美丽传说。

韩城龙门景区（黄会强/摄）

（九）大禹庙

聚力安澜骏马奔，惊涛拍岸定乾坤。
飞黄灵脉来天上，千古神功治水恩。

【链接】

大禹庙，位于韩城市东2千米黄河崖畔周原村北，始建于元代大德五年（1301），后于明万历年间（1573—1620）和清嘉庆年间（1796—1820）重修，占地面积1983平方米，为全国重点文物保护单位。传说大禹治水，曾历经数十载，几经家门而不入，徒步走遍华夏大地，疏导滔滔之水，注入江河湖海，拯救了灾难中的华夏民族。

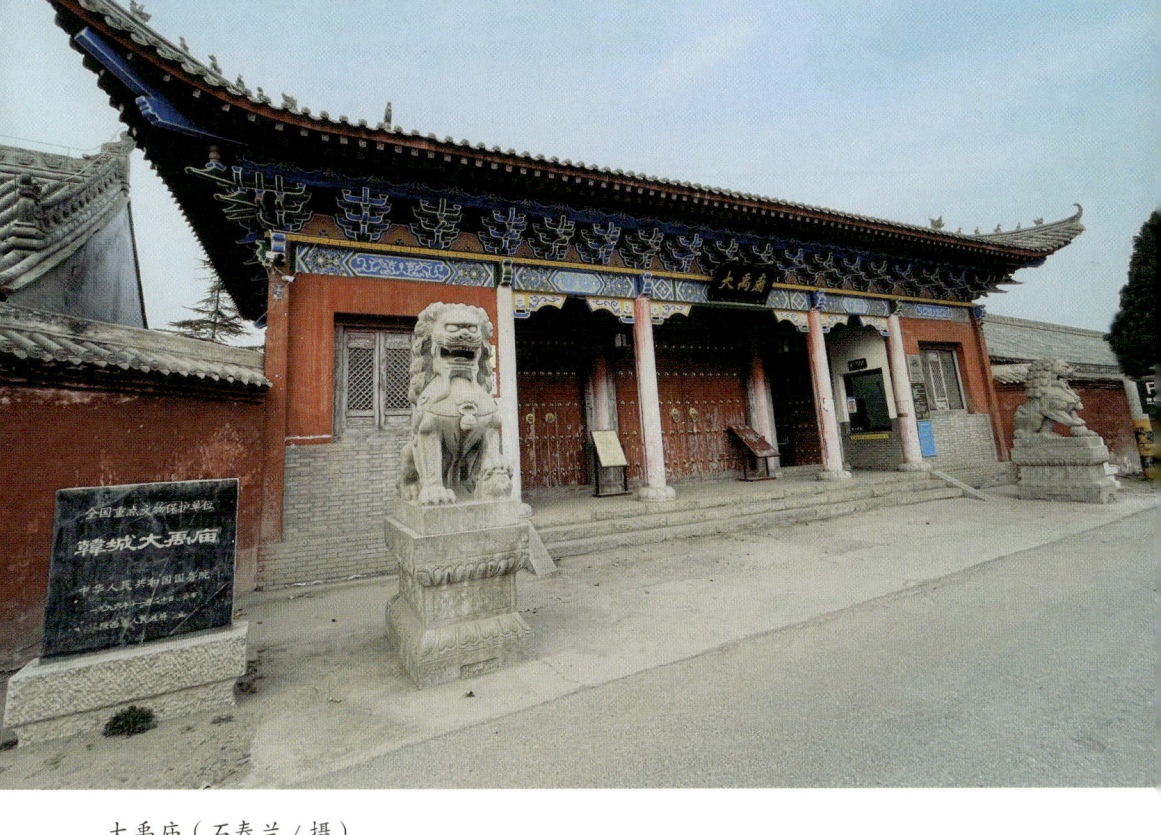

大禹庙（石春兰/摄）

（十）太史祠

濠水梁山太史祠，遥闻啼鸟落花时。

龙门骏异峰为骨，香溢神丹鹤守池。

【链接】

汉太史遗祠，位于韩城市嵬东乡徐村，是司马迁后人为祭祀司马迁而建，至今祠宇殿堂完好。相传汉太史令司马迁为李陵降蕃辩护而受刑，族人恐受牵连，遂议决改姓迁居以避之，迁至巍山脚下，村名定为"续村"，又怕官府猜疑，便取其近音字改为"徐村"。天长日久，世事变迁，族人趁官府不注意，遂兴建汉太史遗祠。该祠坐西向东，东西长42米，南北宽15米，山门题刻有"汉太史遗祠"5个大字。祠前有清代嘉庆年间所立的《新建碑楼并围墙记》碑，有该家族改姓迁徙之记述。

太史祠（黄会强/摄）

史痕　千年流韵

（十一）三义墓

千秋故事救郎坪，赵氏孤儿古寨情。
义薄云天鸿雁去，滔滔芝水共相鸣。

【链接】

三义墓，位于韩城市西南10千米的高门原堡安村东南的古寨内，距离司马迁的祠墓仅数千米。"三义"即春秋时晋国赵武、程婴、公孙杵臼。这里还是"中国四大悲剧"之一《赵氏孤儿》的历史见证地。

三义墓(石春兰/摄)

（十二）梁带村

探秘两周梁带村，悠悠芮国掩晨昏。

邦畿重地风云史，遗物传奇万古魂。

【链接】

梁带村遗址，位于陕西省韩城市西庄镇梁带村北部，占地面积651186.67平方米，属周代的古遗址，在2005年4月被发现。其中共发现两周墓葬1300座，出土有青铜礼乐器，各种礼玉、佩玉、黄金制品、银制品等文物。梁带村遗址中两周时期的贵族墓葬数量多、保存好、等级高，是中国春秋早期保存较完整的高等级贵族墓地。梁带村遗址的发现是中国两周考古的重要收获，对中国周代封国史、礼乐制度、艺术史和科技成就的研究产生了深远的影响，并对系统研究芮国历史有重要的价值。为第六批全国重点文物保护单位。

梁带村芮国遗址博物馆（苟秉宸/摄）

（十三）陶渠坑

聚落遗存墓葬坑，陶渠水岸邑中城。
两周封国驱车马，阵布韩塬势纵横。

【链接】

陶渠遗址，位于韩城芝水河两岸。经勘探，基本确定遗址面积约60万平方米，由大中型墓地、中小型墓地、高等级建筑区、普通居址区等部分组成，"甲"字形大墓的墓道内皆埋有完整车马，曾出土"京"字铭文铜戈，对探索周代封邑的聚落结构以及研究这一区域两周时期聚落的演变提供了基础资料。

陶渠遗址考古现场（石春兰/摄）

（十四）党家村

春暄桃李党家村，深巷民居大宅门。
淳朴乡风传久远，儿孙耕读报慈恩。

【链接】

党家村，位于陕西韩城西庄镇泌水河的高台上，始建于元至顺二年（1331），至今已有700多年历史。现有320户人家，居住着党、贾两族1400余人。这里会聚着元、明、清风格的民居建筑，被称为"东方人类古代传统居住村寨的活化石"。

党家村（黄会强/摄）

党家村（苟秉宸/摄）

（十五）帝喾陵

古村佳气郁岩峣，帝喾陵前驿道遥。
莘野云移遮晓日，春寒犹自锁清霄。

【链接】

帝喾陵，在洽川莘野村西，陵东边的巷道称为"冢家巷"。帝喾，高辛氏是《史记·五帝本纪》中的第三帝，前承炎黄，后启尧舜，是黄帝的曾孙。在河南内黄、商丘都有帝喾陵址。洽川的墓冢占地2亩，冢前有清代陕西巡抚毕沅亲笔书写的墓碑。据乾隆年间洽川才子许秉简所撰《洽阳记略》载，清代每年由藩司（相当于省财政厅）拨白银6万两，以作春秋祭扫之用。

帝喾陵（石春兰/摄）

（十六）芮国城

皇天后土若浮云，芮国犹存古墓群。
金玉交辉成旧迹，遗文辨史记人君。

【链接】

刘家洼遗址，位于陕西省澄城县，范围约3平方千米。通过对出土遗物形制、纹饰等的分析，推断其属春秋早期芮国的都城遗址，它的发现填补了芮国后期历史研究的空白。2019年10月，刘家洼遗址入选第八批全国重点文物保护单位名单。

芮国遗存（石春兰／摄）

（十七）仓颉庙

开蒙勾画世皆惊，鸟迹虫文造字成。
鬼哭龙藏天雨粟，只缘仓颉启黎明。

【链接】

仓颉庙，位于陕西省渭南市白水县城东北35千米的史官乡，是为了纪念文字始祖仓颉所建。创建年代不详，据《仓颉庙碑》记载，汉延熹五年（162）已颇具规模，至今已有2000多年的历史。仓颉庙北屏黄龙山，南临洛河水，占地17亩，呈南北长方形，高墙厚垣，环绕四周，建筑布局完整，整组建筑在自南向北的中轴线上依次为照壁、山门、前殿、报厅、中殿、寝殿、墓冢。在主体建筑的两侧又分布着东、西戏楼，钟鼓楼，东、西厢房等。白水仓颉庙是中国仅存的纪念文字发明创造的庙宇，2001年6月，被国务院列为全国重点文物保护单位，为全国同类遗迹中的唯一。

仓颉庙（黄会强/摄）

（十八）杜康庙

彭衙诗酒寄霞觞，紫气林花十里香。

快意人生凭咏叹，杜康一醉解愁肠。

【链接】

杜康庙，位于陕西省渭南市白水县城西北 15 千米的杜康河沟底、杜康泉东畔。据《白水县志》记载，该庙由清代知县毛应诗始建，于康熙四十八年（1709）重修。

杜康酿制的杜康酒，享有"贡酒""仙酒"美誉，备受历代文人墨客青睐。曹操曾在《短歌行》中写下"何以解忧？唯有杜康"；杜甫有"杜酒偏劳劝，张梨不外求"之句；苏轼留下醉语"如今东坡宝，不立杜康祀"；阮籍更是听闻步兵校尉衙门藏有杜康酒，不惜辞官。可惜，这种千古名酒现已失传，酿造方法也无迹可寻。

杜康，字仲宁，汉代康家卫人，卒葬于白水故乡。白水人民为纪念他修建了杜康庙，庙旁有杜康墓。庙前的杜康泉，传说便是杜康酿酒取水之处，泉水清澈，长流不断。

杜康庙（黄会强/摄）

（十九）祭王鼎

宦海沉浮两袖清，禁烟往事见悲情。
铮言铁骨忠贞志，一卷遗疏尸谏鸣。

【链接】

王鼎故居，位于蒲城县内达仁巷。王鼎历任翰林院庶吉士、编修、侍讲学士、侍读学士、礼户吏工刑等部侍郎、户部尚书、河南巡抚、直隶总督、军机大臣、东阁大学士。曾改革河务、盐政，平反冤狱，颇有政绩。鸦片战争中，极力主战，反对议和投降割让香港。王鼎在廷谏、哭谏均告失败的情况下，决心以"尸谏回天听"。1842年6月8日深夜，王鼎怀揣"条约不可轻许，恶例不可轻开，穆不可任，林不可弃也"之遗疏，自缢于圆明园，为反对割让香港和签订不平等条约献出了生命。

王鼎雕塑（卜杰/摄）

（二十）西岳庙

层阁飞甍殿几重，灏灵门里奏晨钟。

独尊少昊焚香祭，咫尺凌云望险峰。

【链接】

西岳庙，位于陕西省渭南市华阴市，始建于西汉武帝元光初年（前134），至今已有2150多年历史，占地14.34万平方米。它是历代帝王祭祀西岳华山神少昊的地方，在五岳庙中建造时间最早、面积最大，被誉为"五岳第一庙"，也是道教全真派圣地。庙最初在黄甫峪口，东汉时迁至现址。

西岳庙碑刻众多，有后周《华岳庙碑》、明重刻的《唐玄宗御制华山碑铭》、明万历刻的《华山卧图》，还有乾隆御书"岳莲灵澍"石额。

庙外有长约1500米的砖砌城垣，内部建筑精美。其中，灏灵殿玲珑精巧，御碑楼相互映衬，石碑坊古朴典雅，棂星门飞檐斗拱，金水桥精致秀丽。这些建筑工艺精湛、结构严谨，是中国文化遗产的瑰宝和古典建筑艺术的杰出代表。

西岳庙（黄会强/摄）

（二十一）《关雎》情

溯游水岸尽蒹葭，野柳荷花鸟立沙。
太姒文王天作合，《关雎》代代诵无涯。

【链接】

洽川，史称"有莘国"，位于陕西合阳县以东的黄河之滨。这里有10多万亩的天然芦苇荡、100多种珍稀飞禽，环境优美，人称中华情诗之源头，相传《关雎》篇就源于此地。据《诗经·大雅·大明》记载，"文王初载，天作之合，在洽之阳，在渭之涘"，说的就是周文王与妃子太姒在"处女泉"演绎了天作之合的爱情经典。

洽川，因古有洽水而得名，这里古代曾设夏阳镇，又一度设夏阳县，所以亦称夏阳川。洽川风景名胜区，诗经文化、黄河文化、古莘文化源远流长，帝喾、伊尹、太姒、大禹、达摩、子夏以及古有莘国等相关遗迹、遗址十分丰富，面积达176平方千米。景区内的黄河湿地"万顷芦荡，千眼瀵泉，百种珍禽，十里荷塘，一条黄河"，自然风光十分迷人。

洽川芦荡（张文庆/摄）

（二十二）天蝎山

天蝎降魔作美谈，一峰独秀胜终南。
塔楼殿宇融三教，九福灵泉映翠岚。

【链接】

位于洽川灵泉村旁的福山，形似天蝎，一峰耸翠。相传上古时期，河水泛滥，木星福神遣天蝎降妖伏魔，遂化作福山，赐予人间九福：富、寿、康、德、和、怡、顺、旺、久。依山而建的殿宇亭阁和塔楼牌坊等，始建于唐贞观年间，后屡毁屡建，现存的多为明清古建筑。山中儒释道三教和睦相处，堪称一绝。

天蝎山（黄会强/摄）

（二十三）唐诗源

高山分水两茫茫，河阔人遥怯近乡。
杜牧《汉江》冲淡意，渭城相别柳成行。

【链接】

中国古典文化中，山水表品位，河山喻社稷，山海指天下。秦岭南坡是汉江，秦岭北麓是渭水。汉水、渭河，二川一源，与秦岭构成了大自然的神山灵水，是一幅天道吐纳、云卷月照的恢宏画卷。滔滔二川，既发源于秦岭，又是唐诗灵感的重要来源，故汉水、渭河也被称为唐诗之源。

汉江（张文庆/摄）

渭河（张文庆/摄）

（二十四）古义仓

三河春燕绕城墙，朝坂花香古道长。

昔日义仓今尚在，犹传仁政济灾荒。

【链接】

丰图义仓，地处黄河、渭河、洛河交汇的大荔县朝邑镇的"朝坂古道"旁，1882年由清代东阁大学士阎敬铭倡议修建的民办粮仓，储粮备荒，以杜绝官仓流弊，慈禧太后朱批为"天下第一仓"，驰誉全国。这座窑群城堡式粮仓，占地1039平方米，可储存2500多万公斤粮食，是唯一至今仍在使用的清代粮仓。

阎敬铭是晚清东阁大学士，户部尚书。他理财有道，为官清廉，有"救时宰相"之称，因强烈反对慈禧太后重修漪清园而被革职留任。晚年辞官回乡，捐资助学，热衷公益。他自称"无不悔翁"，曾手书一联："古琴弹罢风吹座，贺雨诗成云满山。"

丰图义仓（黄会强／摄）

丰图义仓（张文庆／摄）

（二十五）崇寿院

郿伯先儒达性天，二铭精舍悟真篇。

箴言四为皆参赞，偃武修文育俊贤。

【链接】

崇寿院，位于陕西省宝鸡市眉县，是儒释道合一之地，北宋思想家、关学领袖张载年少时在此读书，晚年还设馆讲学。后人为纪念他，将其改名为横渠书院。南宋时张载被赐封郿伯，得以从祀孔庙。元贞元年（1295），在此兴建"张子特祠"，历史上修复14次，形成"后祠前书院"的格局。1990年陕西省文物局批准修复，建筑为仿宋风，兼具清代特色。

张载的"横渠四句"流传至今，他把《砭愚》《订顽》录于学堂双牖当座右铭，后被程颐改称《东铭》《西铭》。这两篇铭文虽短，却备受赞誉，成为不少人的精神寄托。

崇寿院（李小奋／摄）

（二十六）五丈原

鼓角旌旗望渭川，屯兵对阵勇当先。

出师许国忠贞表，蜀相英名万古传。

【链接】

五丈原，位于陕西省宝鸡市岐山县（2011年五丈原镇并入蔡家坡经济技术开发区），是秦岭北麓黄土台原的一部分，海拔约750米，原上平坦，南北长约4千米，东西宽约1.8千米。此地南依秦岭，北临渭水，东西为深沟，地势险要。

三国时，诸葛亮北伐曹魏，曾屯兵五丈原，与司马懿隔渭河对峙。因粮草不足，他分兵屯田。234年，诸葛亮积劳成疾，病逝军中，年仅54岁，五丈原也因此而闻名。《通鉴地理通释》称其为"行军者必争之地"。

五丈原上的诸葛亮庙，初建于元初，明清多次重修扩建，民国十八年（1929）被土匪烧毁，次年修复。1980—1983年进行全面维修、彩绘，现为岐山县重点文物保护单位。

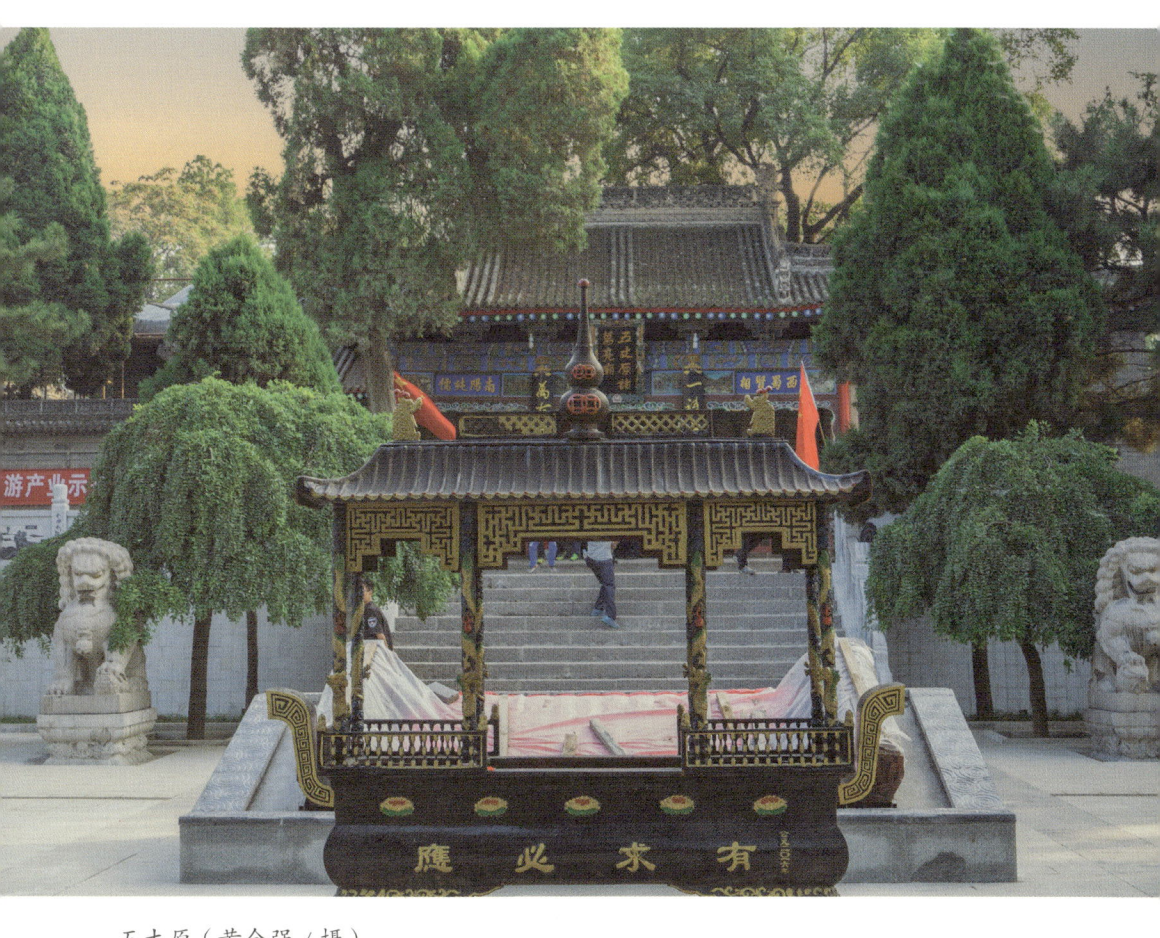

五丈原（黄会强/摄）

（二十七）留侯祠

毕生彪炳出奇谋，决胜沙场万户侯。

淡泊无求知进退，青山紫柏共千秋。

【链接】

汉张留侯祠，也叫张良庙，位于陕西省汉中市留坝县留侯镇，地处秦岭南麓紫柏山下。它南距汉中101千米，北邻凤州76千米，已有1800多年历史，占地42100平方米，四周五山环抱、二水夹流，自然与人文景观相交融。

张良，字子房，是汉初名臣，与萧何、韩信并称"汉初三杰"。楚汉战争时，他献策联结英布、韩信、彭越，助力歼灭秦军。汉朝建立，张良被封留侯。刘邦称帝后诛杀功臣，张良明白伴君如伴虎，西汉立国便辞官，到紫柏山修道，刘邦顺势敕封他为留侯。

留侯祠古建筑群依山而建，九大院落布局精巧，有牌楼、进履桥等诸多景观。张良助刘邦称帝后在此隐居，后人敬重他明哲保身、功成不居的品格，便为其建庙祭祀。

留侯祠（黄会强／摄）

（二十八）大散关

秦蜀山高不可攀，层峦叠嶂激流环。

战旗猎猎秋风劲，铁马驱驰大散关。

【链接】

大散关，周朝散国之关隘，为"关中四关"（东有函谷关、南有武关、西有大散关、北有萧关）之一，位于宝鸡市南郊秦岭北麓，自古为"川陕咽喉"，具有重要的战略地位，是兵家必争之地。据史料记载，大散关曾发生过战役70余次。大散关设于西汉（一说散关之名最晚始于秦代），废弃于明末。在散关岭上的古散关的关门遗址东面，立有"古大散关遗址"石碑。

秦汉时期，刘邦"明修栈道，暗度陈仓"曾由此经过。三国时期，曹操西征张鲁亦经由此地。据陈寿《三国志》记载：建兴六年（228）"冬，亮复出散关，围陈仓，曹真拒之，亮粮尽而还"。南宋著名诗人陆游《书愤》诗云："楼船夜雪瓜洲渡，铁马秋风大散关。"

大散关（黄会强/摄）

（二十九）华阳镇

秦晋要冲觅旧痕，戏楼古塔掩晨昏。
老街市肆明清建，曾是谁家大宅门？

【链接】

华阳镇，隶属于陕西省汉中市洋县。地处秦岭南坡腹地，东接佛坪县，南邻茅坪镇、八里关镇和关帝镇，西与城固县、留坝县接壤，北靠秦岭北坡的宝鸡市太白县，东、西、北部的大片区域为长青国家级自然保护区。辖区东西最大距离23.1千米，南北最大距离26千米，总面积567.96平方千米。华阳镇始于秦晋，是历史上著名的傥骆古道的驿站，唐朝两位皇帝南避汉中时均曾在此驻跸，为古代的军事要冲和经济政治重镇。古镇内明清建筑保存较为完好，古华阳县城墙的残垣尚存。

华阳镇（黄会强/摄）

（三十）青木川

金溪之畔起炊烟，古镇祠堂绕碧泉。

飞凤桥头灯影里，回龙阁上月缺圆。

【链接】

　　青木川，属陕西省汉中市宁强县的古镇，位于陕、甘、川交界处，西连四川省青川县，北邻甘肃省陇南市武都区、康县，素称"一脚踏三省"，是陕西最西边的镇，距县城108千米，距汉中市197千米。古镇自然条件优越，生态植被良好，历史人文资源丰厚，从传统老街区可窥见古老的民情、民风、民俗，古建筑、古摩崖、古祠堂、古寺庙、古题刻和传统的生活生产用具等随处可见，充分展现古镇悠久的历史和深厚的文化底蕴。"5·12"汶川大地震，导致保存最完整的古建筑群魏氏宅院的部分屋脊和墙面开裂坍塌，一片狼藉。建于明成化年间的长800多米的回龙场古街也遭到破坏，许多老宅坍塌。2008年7月开始，宁强县对青木川古镇开展了修复工作，如今古镇的整体风貌已恢复如初。

青木川古镇（黄会强/摄）

（三十一）望天汉

中华聚宝米粮仓，秦岭巍巍始发祥。

天上银河相媲美，人间汉水万年长。

【链接】

天汉，古时指银河。由这个词也衍生出了"云汉""汉中""汉族"等词语。据史书记载："刘邦始封汉中王，初不欲就国。有进言曰：'汉水上应天汉。汉中，据有形胜，进可攻退可守，秦以之有天下。'刘邦乃就汉中王。"

汉高祖刘邦取天下后，国号称"汉"；汉武帝年号有"天汉"，是因苦旱连年，欲求"天汉"降雨，故名之。可见，汉族的名称是源于对天汉的崇拜和敬畏。"汉"这个字，是我们神圣的文化图腾，以至于后来的汉族、汉字、汉语、汉文化，都与汉中有着紧密的关联。

大秦岭（李雪梅/绘）

五绝　秦肇之路

秦人雄起路，曾历八东迁。
汧邑平阳会，雍城蓄势先。

【链接】

秦人是五帝颛顼的苗裔，也是我国最古老的部族之一，他们最早生活在东部沿海一带，而后又迁居于陇山以西。公元前770年，秦人不甘于偏居陇谷，以开放的心态走向宝鸡，开始了长达5个世纪的艰苦创业。其中在宝鸡经营近400年，为秦国逐鹿中原、一统天下，建立起我国第一个统一的王朝，在政治、经济、军事、文化等方面做出了充分准备，从而最终使秦国走上巅峰。

千河风光（黄会强/摄）

史痕　千年流韵

宅兹中国（诗二首）

（一）七绝　何尊邦国

邦之重器数何尊，岁月三千铸有痕。
出土陈仓寻史迹，"宅兹中国"带余温。

（二）五律　天下中央

厚土藏文物，宅兹中国秋。
何尊千载史，华夏一方舟。
今古山河在，东西江海流。
故园寻礼乐，字字带乡愁。

【链接】

何尊是中国西周早期一个名叫何的西周宗室贵族所做的祭器。1963年出土于陕西省宝鸡市宝鸡县（今陈仓区）贾村镇，收藏于中国宝鸡青铜器博物院。

尊内底铸有铭文12行122字，其中"宅兹中国"为"中国"一词最早的文字记载，其中提到周武王在世时决定建都于洛邑，即"宅兹中国"，与《尚书》中的《洛诰》《召诰》等文献记载可相互印证，起到了证实补史的作用，为西周历史的研究和青铜器的断代提供了重要的实物资料。尊里的"中国"指的是当时天下的中心、王朝的中央、新建的都城成周，即现在河南洛阳一带。

何尊（刘鹏敏／摄）

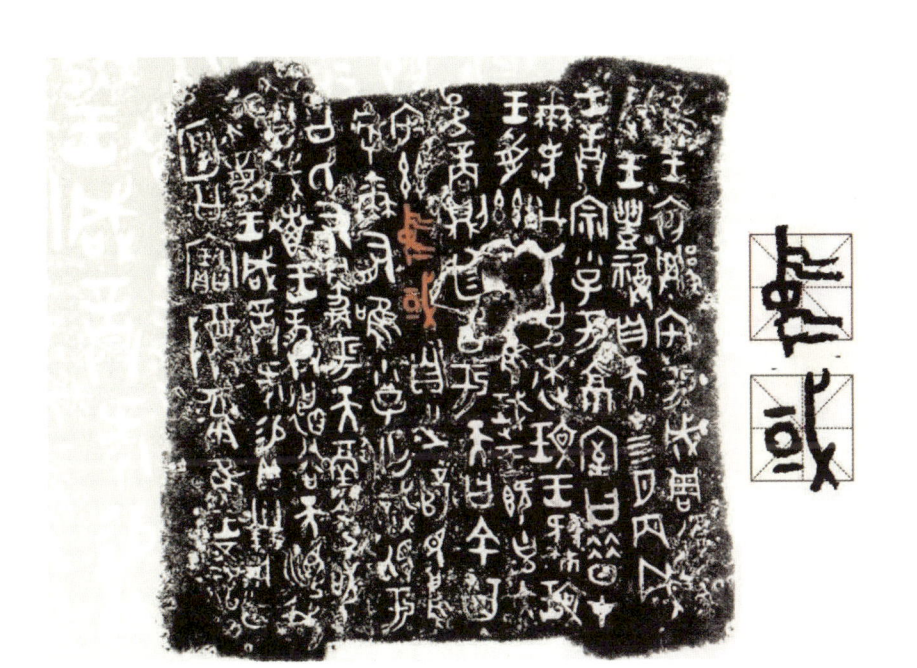

何尊铭文（刘鹏敏／摄）

七律　宝鸡石鼓

石鼓何年出宝藏，从来古字有余芳。
云龙异态疑非是，日月流辉未见详。
一字万金留史迹，千载三秦忆陈仓。
平生莫负西京愿，今日谁人识此章？

【链接】

宝鸡石鼓，又称陈仓石鼓，是中国九大镇国之宝之一，被誉为"中华第一古物"。石鼓于唐贞观元年（627）由一位牧羊人在陕西凤翔府陈仓山（今宝鸡市石鼓山）发现，共10只，形状像鼓，上窄下宽，高约2尺，每个重约1吨，材质为花岗岩。石鼓上的文字被称为"石鼓文"，大篆字体，记录了秦始皇统一前的一段历史，是中国最早的石刻诗文，对后来的书法和小篆的发展有着重要影响。自唐代初被发现以来，石鼓经历了多次迁徙和保护。现珍藏于北京故宫博物院，成为"国之重器"。

宝鸡石鼓园（黄会强／摄）

秋风清·申新窑洞纱厂旧址

惊心魂。

长路奔。

抗战内迁史,当年窑洞存。

交叉横纵藏纱厂,匠心妙运传精神。

【链接】

1938年,荣氏家族创办的申新纱厂历经艰险,内迁至宝鸡。为了避免纱厂被日军轰炸摧毁,保证生产,工人们凿洞设厂,修建起24孔纵横交错长达1750米的窑洞车间,安装了1.2万枚纱锭进行生产。同时,随着民族工业内迁和工合运动的兴起,又有15户企业内迁于长乐塬一带,使之成为宝鸡民族工业的策源地。这一民族实业救国的壮举,被誉为中国抗战时期的一个伟大奇迹。

申新窑洞纱厂（刘鹏敏/摄）

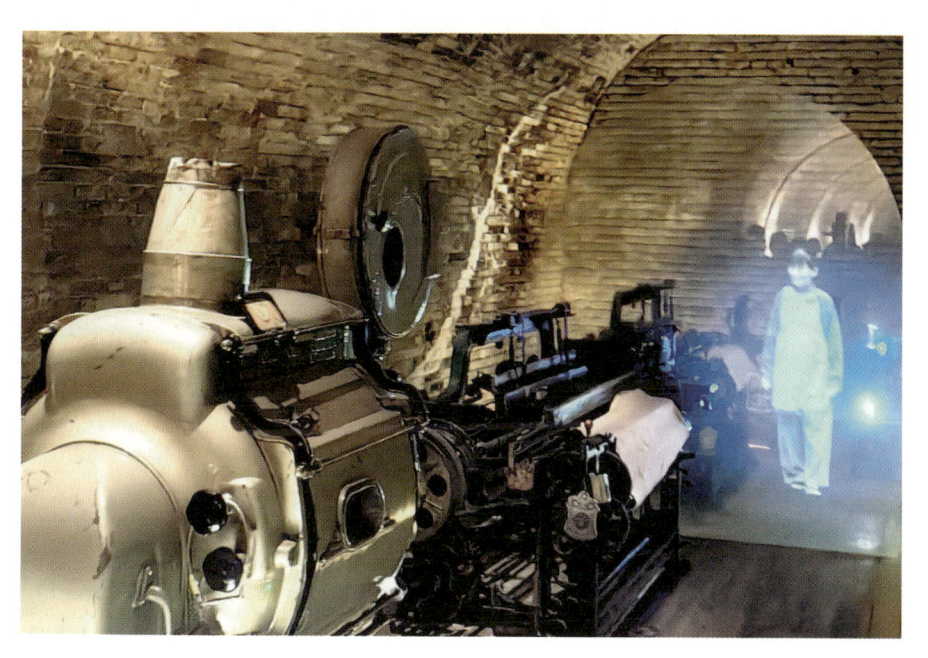

申新窑洞纱厂（石春兰/摄）

申新窑洞纱厂（石春兰／摄）

七绝　麟游春吟（三首）

（一）读《醴泉铭》

不竭甘泉润早春，居高思坠守心神。
满持戒溢怀虚谷，纳谏开言气象新。

【链接】

《九成宫醴泉铭》，创作于唐贞观六年（632）夏历四月，由魏徵撰文，欧阳询正书。全文叙述了"九成宫"的来历和其建筑的雄伟壮观，歌颂了唐太宗的武功文治和节俭精神，介绍了宫城内发现醴泉的经过，并刊引典籍，说明醴泉的出现是由于"天子令德"所致，最后提出"居高思坠，持满戒溢"的谏诤之言。北宋曾巩在《九成宫醴泉铭·跋》中称："九成宫乃隋之仁寿宫也，魏为此铭，亦欲太宗以隋为戒，可以见魏之志也。"《九成宫醴泉铭》笔法刚劲婉润，兼有隶意，是欧阳询晚年经意之作，历来为书家所推崇。

《九成宫醴泉铭》碑（赵春贵／摄）

（二）《万年宫铭》

山川秀色碧云天，流鉴载怀传万年。

新政永徽开盛世，刊规远映著鸿篇。

【链接】

《万年宫铭》碑，现与《九成宫醴泉铭》碑同院建亭保护。唐永徽五年（654）五月十五日，高宗李治与皇后武则天入万年宫，大臣长孙无忌、尉迟敬德、褚遂良及韩、邓、赵、曹四位王子等人随驾，立万年宫铭碑于永光门外。碑石为灰石质，高2.2米，宽0.74米，厚0.22米；螭首同《九成宫醴泉铭》碑，碑首正面有大篆"万年宫铭"四个大字；碑文为李治撰书，行草兼用，行间双线竖格；碑阴有三品以上文武官员挂衔书名。

仁寿宫（苟秉宸/摄）

（三）离宫遗址

一统隋朝肇史篇，中唐霸业叹迟延。

离宫寥落君何在，不废醴泉千百年。

【链接】

　　隋仁寿宫、唐九成宫，为隋唐天子的避暑离宫，现仅存遗址。仁寿宫始建于隋开皇十三年（593），于开皇十五年（595）三月告竣，名曰"仁寿宫"，取《汉书·董仲舒传》中"尧舜行德，则民仁寿"之意。隋义宁元年（617）因隋王朝衰亡而荒废。唐贞观五年（631），唐太宗李世民诏令修复并更名为"九成宫"，取《吕氏春秋·音初》"为之九成之台"句，寓其巍峨高大。唐永徽二年（651），唐高宗李治易为"万年宫"，乾封二年（667）又复称"九成宫"。唐文宗开成元年（836）毁于洪灾泥石流。两朝四位皇帝曾21次驾幸麟游，人去宫毁，现仅存《九成宫醴泉铭》碑和唐高宗李治御书《万年宫铭》碑，岁月悠悠，昭示后人。

九成宫（石春兰/摄）

七绝　彬州访古（三首）

（一）豳州驿

驿道豳风日月长，云烟岚影绕回廊。
萧关丝路迎游客，漫步寻幽满径香。

【链接】

豳州驿，位于咸阳彬州市太峪镇，东接铜川耀州区，北依甘肃正宁县，南傍淳化县，西临甘肃平凉市，作为古代丝绸之路连接秦陇的咽喉要道，是客商们进出长安、西去东来的第一站。

鬻州驿（李国庆/摄）

（二）开元寺塔

祥云环塔漾新晴，檐下铃摇鸟忽惊。

蹬道通天山在望，宝函过眼鉴光明。

【链接】

开元寺塔，位于陕西省彬州市城内西南角紫薇山下，俗称"雷峰塔"。该塔创建于北宋皇祐五年（1053），为八角七层楼阁式砖塔，底层每边长5.6米，通高47.84米，单壁中空，是国家级重点文物保护单位。

开元寺塔（李国庆／摄）

（三）佛舍利

风和霁月暖泉香，顶礼佛牙承吉光。
宝器九层重见日，浮屠千载护遐昌。

【链接】
开元寺塔的地宫内，藏有北宋时的九层宝匣，其中供奉着数枚佛舍利，并有碑文记载造塔供养之事。

地宫佛舍利（李国庆/摄）

秋风清·李靖故居

三原村。
居有邻。
故宅隐林苑，凡身何化神？
时空千载相穿越，亦真亦幻离红尘。

【链接】

李靖故居，位于三原县城北的鲁桥镇东里村，始建于唐贞观年间，后毁于战火。清康熙年间，李靖后人黄州知府李彦瑁出资重修，至清末又烧毁过半，后和尚明经指挥复修。到了民国时期，杨虎城久住其园，并拨款进行了修葺，使唐宋古风、明清遗韵、民国格局聚于一处。现在的李靖故居，留存的大多是民国时陕西靖国军的印迹。李靖作为隋末唐初最负盛名的大将，为唐王朝的建立和发展立下赫赫战功。

李靖故居（信冬/摄）

李靖故居门坊（苟秉宸/摄）

五律　三原城隍庙

金碧城隍庙，雕梁画凤麟。
池阳藏宝地，李靖护民神。
何以知机兆，安能辨幻真。
清风明月朗，钟鼓报时辰。

【链接】

位于三原县城东大街中段的城隍庙，始建于明洪武二年（1369），供奉三原名将李靖为城隍神，现占地面积9500平方米，建筑面积5350平方米。它是陕西省内规模宏大、保存最完整的城隍庙之一，现为全国重点文物保护单位。三原城隍庙的建筑风格独特，采用均衡对称的方式布局，将楼、殿、廊、亭等40多座建筑按主次布局在纵横轴线上。主体建筑如城隍殿、献殿和拜殿等各具特色，琉璃盖顶，雕梁画栋，富丽堂皇。

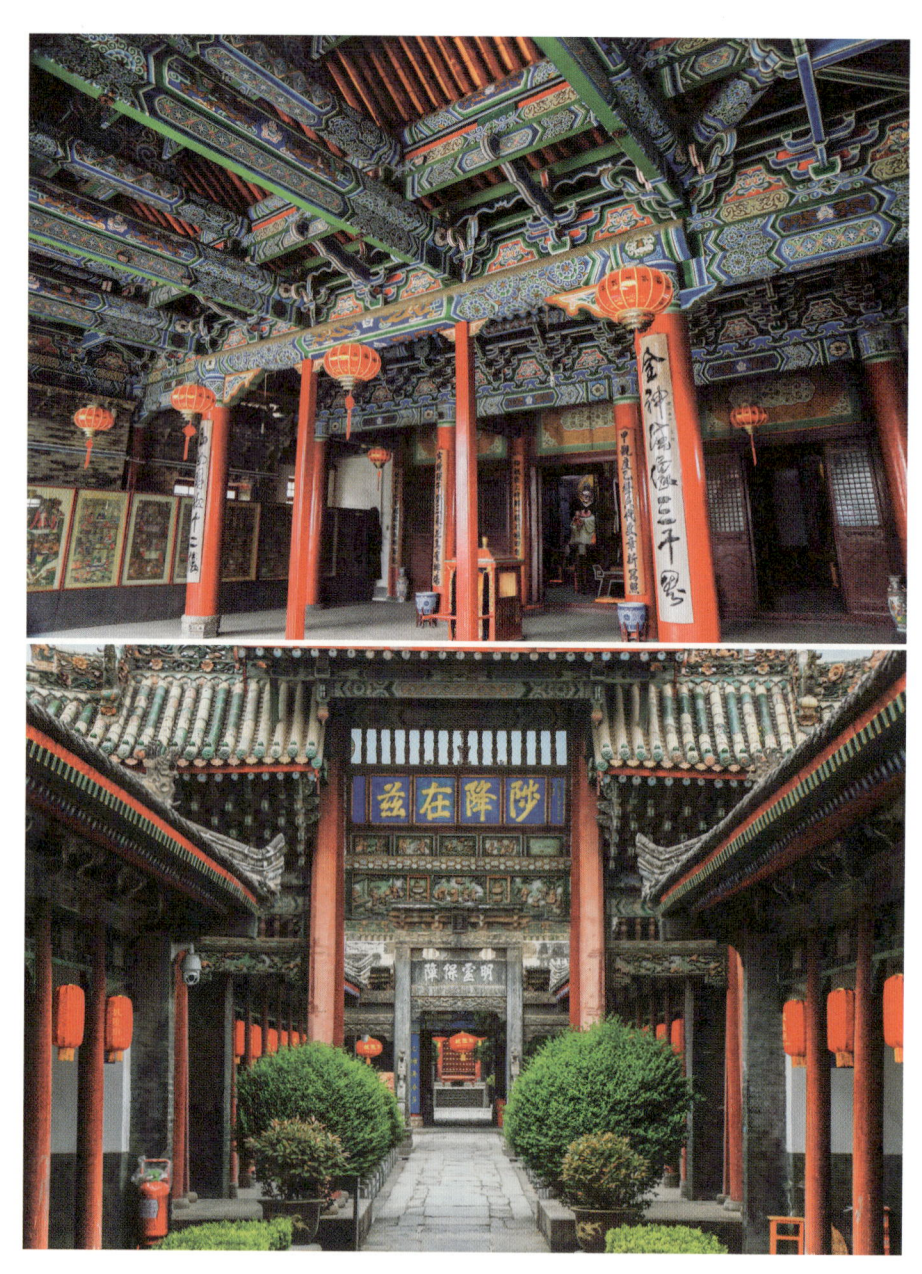

三原城隍庙（石春兰／摄）

七绝　铜川秋行（二首）

（一）溪山行旅

芦荻飞花缀野蒿，溪云秋色翠峰高。
照金伟绩声名远，千岭丹霞剑气豪。

【链接】

照金镇，位于陕西省铜川市耀州区西北部，西临淳化，北接旬邑，镇域面积164平方千米。传说隋炀帝巡游此地，身穿锦衣绣袍，雨后金光映照，诏曰："日照锦衣，遍地似金，此地应为照金。"故得名照金。老一辈革命家在这里创建了陕甘边革命根据地，主要有薛家寨革命旧址、陈家坡会议旧址、芋园游击队创建遗址、中共陕甘边特委成立地旧址、陕甘边革命根据地照金纪念馆等，现已成为全国百家红色经典旅游景区之一。

照金干部教育基地（石春兰/摄）

（二）陈炉古陶

陈炉十里起寒烟，古镇陶坊数辈延。
日落霞飞崖畔上，耀瓷如玉满堂前。

【链接】

耀州瓷，北方青瓷的代表，因产地属古耀州，故名耀州瓷，或名耀瓷，属于古代六大窑系之一。耀州青瓷胎薄质坚，釉面光洁匀净，色泽青幽，呈半透明状，风格淡雅。窑址以黄堡为中心，其范围包括上店、立地坡、玉华、陈炉及塔坡一带。耀州瓷创于唐代，成熟于五代，鼎盛于宋代，延续于元、明、清，直至今日，已有1300多年的历史。

陈炉古镇（李国庆/摄）

惜春郎·凭吊贾岛衣冠冢

长河凝墨敲诗影。

巷尾闻清磬。

书斋索句,案头堆稿,寒僻诗境。

宦海沉浮多蹭蹬。

笔底见孤耿。

忆昔时、贾岛魂归,坎坷苦吟无竟。

【链接】

贾岛是唐代诗人,779年生于河北涿州范阳县。他早年出家,后在韩愈劝说下还俗参加科举,屡试不第,中进士后又遭贬谪。其诗风以"幽奇寒僻"著称,擅长五律,注重词句锤炼,属于"韩孟诗派"和"苦吟派"。代表作有《题李凝幽居》《寻隐者不遇》《剑客》等。843年,贾岛病逝于遂州长江县署,最初被安葬在普州安岳。三年后,他的妻子刘氏在耀州籍乡友柳公权的帮助下,将其迁葬于富平县大贾村,柳公权还亲自为其书碑立石。数年后,贾岛的堂弟无可修成得道高僧,不忍兄长孤零零客葬异乡,又把其墓迁回故乡范阳。因此,富平的贾岛墓实为衣冠冢,埋葬的是他的衣物及诗作。

《重修贾岛墓碑记》碑（石春兰／摄）

望远行·棣花古镇

白露秋风古驿行。

荷塘千亩水云平。

厅堂议事宋金城。

明清街巷历阴晴。

寻民宿，觅邮亭。

乐天诗咏棣花盈。

呼朋同饮说乡情。

今宵沉醉忘归程。

【链接】

商洛市丹凤县棣花古镇位于丹江旁，早年因盛产棣棠花而得名。诗人白居易三过此镇，留下了"遥闻旅宿梦兄弟，应为邮亭名棣华"的名句。该镇现为国家AAAA级旅游景区，最有特色的是宋金议和厅、宋金桥和明清风格的商业街等建筑。漫步宋金边城，可见证当年兵戎相争的历史，感受宋金文化交融的塞上风情。

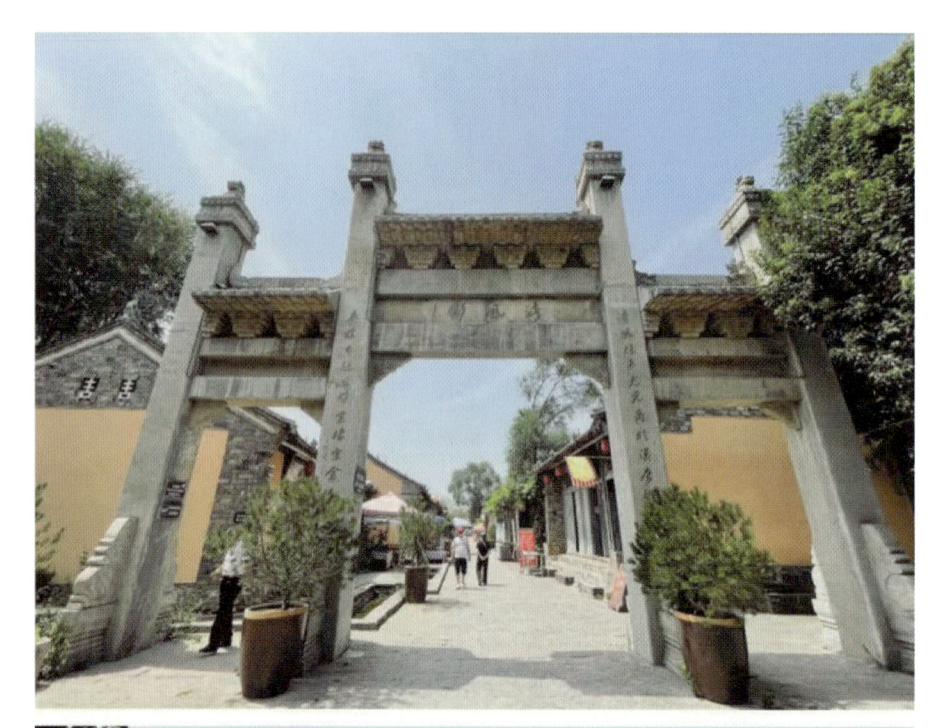

棣花古镇（石春兰／摄）

河满子·漫川关古镇

透过漫川烟雨，穿行秦楚晨昏。
目断人来人往，耳闻南北云喷。
却爱明清小镇，羡它山水空门。

【链接】

漫川关古镇，位于商洛市山阳县东南，是陕西历史悠久的边陲古镇之一，素有陕西"南大门"之称。古时被称为丰阳关、丰阳川，现在这里古风犹存，时闻南腔北调，被人赞曰："漫川关，景色鲜，不似江南胜江南。""朝秦暮楚"的典故就源于此地。古镇现拥有陕西保留最完整、面积最大的明清古建筑群，明清街背靠青龙山，面临靳家河，北窄南宽，外形酷似蝎子，又称"蝎子街"。自北向南分为上、中、下街，上街以小作坊、手工艺为主，中街多为商业贸易，有会馆商号、骡马店、酒肆茶楼等，下街以水旱码头往来搬运为主。这三条平行的古街道，呈徽派风格，有着"青砖小瓦马头墙，回廊挂落花格窗"的韵味。

漫川关古镇（黄会强／摄）

七律　凤堰梯田

汉阴奇景接天涯，凤堰梯田醉紫霞。
万亩清辉堪读史，千重翠色欲撷华。
移民垦辟留崇本，种麦丰收遍植麻。
古寨村居流韵久，农耕遗产耀秦巴。

【链接】

　　凤堰梯田，位于陕西省安康市汉阴县漩涡镇，连片共1.2万余亩，景区面积38.78平方千米。凤堰梯田始于清朝乾隆二十一年（1756），清咸丰（1851—1861）、同治（1862—1874）时期大规模建设。凤堰梯田由凤江梯田、东河梯田、堰坪梯田三大片区组成。遗址构成主要包括古梯田、沟渠堰塘、古建宅院、村寨民居、石堡寨遗址、宗教设施、漩涡古镇以及与农事及地方文化相融合的节庆、方言等非物质文化遗产。凤堰梯田是秦巴山区已发现认定的面积最大、保存最完整的清代梯田，是湖广移民开发陕南的"活标本"和中国农耕文化的"活化石"。凤堰梯田的建造是移民垦荒、美洲作物引种和南北农耕技术融合的产物，具有重要的历史文化价值。

凤堰梯田（苟秉宸/摄）

史痕　千年流韵

七律　汉中怀古

旧朝三杰尽英豪，万里江声咽怒涛。
天堑几能分汉楚，山河只解辨钤韬①。
黄云烽火风尘满，白骨荒丘烟雨牢。
独倚梁州辞父老，功成岂肯恋绨袍。

【链接】

汉中，有"汉家发祥地，中华聚宝盆"的美誉。《尚书·禹贡》中所谓"梁州"、《史记》中所谓"褒国"等皆是汉中地区的历史称呼。"南郑"之名，可上溯至公元前771年。《水经注》载："南郑之号始于郑桓公。桓公死于犬戎，其民南奔，故以南郑称。"秦朝设汉中郡，郡治南郑，在今汉中南郑区附近。"汉初三杰"（张良、萧何、韩信）之一的萧何对汉中的著名解释是："语曰'天汉'，其称甚美。""天汉"者，天上银河，人间汉江也。

①钤韬，泛指兵书或谋略。

汉江秋色（黄会强/摄）

史痕　千年流韵

浪淘沙·追忆博望侯张骞

秦岭万重山。

蜀道艰难。

当年城固有张骞。

出使远驱平险隘,策马挥鞭。

百折志弥坚。

疆拓西边。

凿空丝路两千年。

筑梦同行担重任,一往无前!

【链接】

汉武帝时,为联合月氏抗击匈奴,张骞出使西域。"西域"一词最早在《汉书·西域传》出现,狭义指玉门关、阳关以西,葱岭(帕米尔高原)以东,昆仑山北,巴尔喀什湖以南的新疆地区,广义还包括葱岭以西的诸多地方。

公元前140年,刘彻即位,张骞任郎官。前138年,张骞应募出使大月氏,途中被匈奴俘虏,十年后逃脱,历经大宛、康居抵达大月氏,又到大夏,一年多后返回。归途中再次被匈奴扣留,前126年趁匈奴内乱逃回。他向汉武帝详述西域情况,获封太中大夫。此后,汉朝使者多称博望侯以取信西域各国。

张骞出使西域,初衷是抗击匈奴,却带来了远超预期的影响。汉夷文化交流频繁,中原文明借"丝绸之路"传播。这条起于长安,经天山廊道连接中亚和西亚的丝绸之路,促进了西汉与中亚多国的交流。正是基于张骞在地理探索、文化交流以及外交开拓上的巨大贡献,司马迁称张骞出使西域为"凿空"。

丝路群雕（卜杰／摄）

张骞墓（苟秉宸／摄）

钟灵

长安风雅

杨柳枝·柳青文学纪念馆

皇甫寻踪御宿沟。

故居依旧惹乡愁。

柳青妙笔存文史，草木春吟望玉钩。

【链接】

柳青文学纪念馆，位于长安区王曲街道皇甫村（史上也称御宿川）柳青故居。文学纪念馆紧扣柳青扎根长安皇甫村14年创作的名著《创业史》，采取"电影化叙事+沉浸式体验"的设计理念和方式，通过大量的视频内容再现小说人物场景，并且深度挖掘柳青一生中的几次重大抉择和心路历程，向观众展现出一个有血有肉的柳青形象。

柳青墓园（石春兰／摄）

醉乡春·读柳青遗作《在旷野里》

渭畔昔年虫虐。

同道二人分略。

揭弊病，斥官僚，思注笔锋何度？

七秩雪藏佳作。

幸得刊行有托。

目光锐，意犹深，似闻旷野呼声落。

【链接】

柳青创作于1953年的长篇遗作《在旷野里》于2024年1月在《人民文学》首次刊发。这部未完成手稿以1951年陕西渭河平原棉蚜虫害为背景，通过县委书记朱明山与县长梁斌在治虫工作中的分歧，揭露了基层官僚主义弊端，反映了新老干部思想交锋。作品虽未完成，但叙事完整，展现了柳青对现实主义的深刻把握。研究者认为，其对官僚主义的批判和对社会转型期矛盾的洞察，为《创业史》的纵深创作奠定了基础，被誉为"理解柳青创作的新钥匙"。1978年柳青临终前将此手稿交给女儿刘可风，嘱托"无用则毁"。刘可风保存了45年，多次尝试出版未果。2018年，学者邢小利将手稿转交《柳青全集》的主编李建军，李建议以《在旷野里》为书名，最终促成作品发表。

柳青塑像（石春兰/摄）

七绝　纪念文化大师王子云先生

苦旅开山艺海行，高徒逸兴暗飞声。

金兰同气怀诚朴，探赜钩沉意纵横。

【链接】

2019年1月12日，笔者在西安大明宫国家遗址公园丹凤门，参观文化大师生平事迹展暨陕西王子云书画艺术研究院首届艺术作品展，口占七绝一首。王子云是现代美术运动的先驱、中国现代美术最早的倡导者和参与者、现代美术教育和美术考古的拓荒者，是与刘海粟、徐悲鸿、林风眠、张大千等齐名的文化大师，刘开渠、王朝闻、艾青、李可染、吴冠中等重量级文化名人均出自其门下。20世纪40年代初，他与夫人何正璜受国民政府教育部委托，组成"西北艺术文物考察团"深入西部，为中国美术史论开山立派，成为美术界仰望的一座高峰。

王子云塑像（石春兰/摄）

忆少年·访路遥故居

天边路远，茫茫苦旅，匆匆过客。
平凡若黄土，莫空余阡陌。

岁月蹉跎犹促迫。
写人生、笔耕书册。
真情抒胸臆，记寒凝春色。

【链接】

路遥故居，位于陕西省清涧县石咀驿镇王家堡村，与路遥纪念馆毗邻相望。门前的雕塑，是一头奋蹄昂首的耕牛，拖曳着作家的两部代表作《人生》和《平凡的世界》。这头老黄牛默默耕耘在苍茫的黄土地上，诠释着路遥的名言——像牛一样劳动，像土地一样奉献。

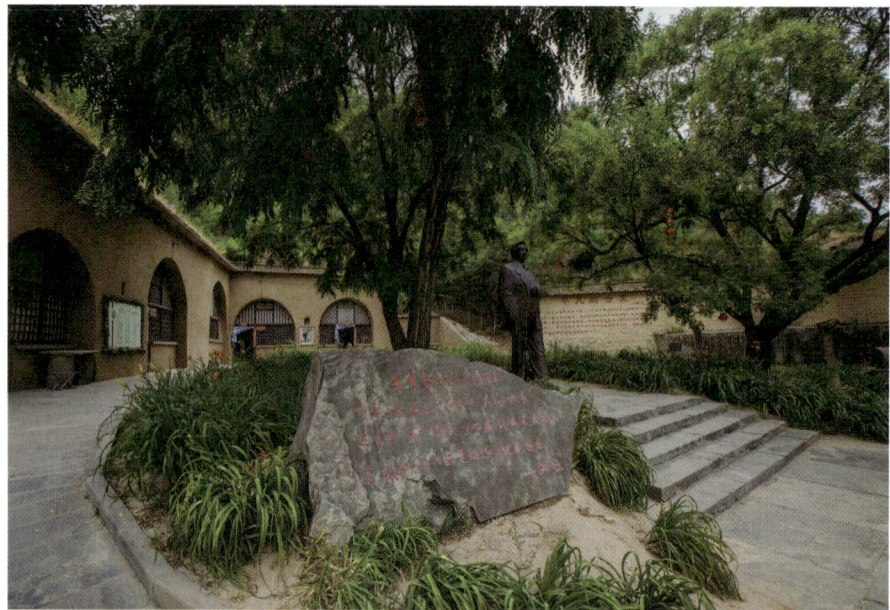

路遥故居（黄会强/摄）

思远人·追思霍松林先生

黄叶秋云寻旧忆。

犹叹梦魂隔。

幸登堂入室，呈书求正，嘉许得遗墨。

寿辰再访蒙恩泽。

赐序冠吾册。

叹付梓未几，骤闻仙去，哀情怎消释？

【链接】

惊悉霍老丁酉（2017）新正初五驾鹤西归，不胜哀痛。丙申（2016）秋月，余登门拜访先生，呈拙作《丝路寻踪》以求教正并诚请作序，得欣然应允。仲秋适逢先生九十六诞辰，再登唐音阁为之祝寿，喜得序文，相谈甚欢。岂料拙著甫印，先生就仙逝西游，竟成绝唱，悲不自禁，痛吟小诗以寄哀思："骚坛吟罢冠群雄，一代宗师唱大风。阁失唐音长别去，心香清莫寄哀鸿。"

霍松林（刘勇翔/摄）

桃源忆故人·悼念陈忠实先生

远寻白鹿归乡路。

灞柳烟云环顾。

十里暮春烟树。

绝响悲千户。

蓬门膝案书宏著。

揭秘千年心路。

一曲老腔情愫。

俯仰歌今古。

【链接】

陈忠实（1942年8月3日—2016年4月29日），陕西西安人，中国当代著名作家，代表作有长篇小说《白鹿原》。陈忠实在文学界享有很高的声誉，曾担任中国作家协会副主席、陕西省作家协会主席等职务。他的作品被改编成多种艺术形式，包括电影、电视剧等，影响广泛。陈忠实的生活道路、学习写作和创作的历程都与共和国成立以来的时代特点和社会发展密切相关，他是那个时代背景下从农村走出来的作家的代表性人物。

陈忠实（李国庆/摄）

天仙子·送你长安怀诗彦

送你长安诗意著。

妙笔生花怀远古。

骊山秦月入华章，思如缕。

情如注。

一曲闻名传处处。

君返仙途乘鹤去。

文韵遗芳犹可睹。

后人常念此才情，心倾慕。

终难负。

佳作千秋春共住。

【链接】

2024年10月24日，薛保勤同志因病不幸逝世。惊悉噩耗，不胜悲痛！薛保勤在文学和新闻领域有着显著的成就，著有《现实、未来与人》《善》《从"红色革命"到"绿色革命"》《我在悉尼当"部长"》《青春的备忘》等著作，编有《思考的轨迹》《公仆与蛀虫》《呼唤与渴望》《白云山论道》《蓝天下的永恒》等十多种图书。此外，薛保勤还是"2011西安世界园艺博览会"官方主题曲《送你一个长安》的歌词创作者，"送你一个长安，一城文化，半城神仙"唱尽了西安的历史积淀和人文气质。如今他送世人一个"长安"，世人送他驾鹤"天堂"，愿他一路走好！

薛保勤（苟秉宸／摄）

遐方怨·秦川怀剑魂

秦岭恸，渭川寒。
笔歇灯灭，梦残惆怅思旧颜。
艺坛驰骋《剑魂》篇。
读文怀老友，泪潸然。

【链接】

白阿莹在中国兵器秦川机械厂工作多年，有多部作品都与红箭（剑）导弹有关。《剑魂》是20世纪80年代中期陕西省国防科工办宣传处创办的反映国防科技工业的文艺期刊。白阿莹在该期刊上发表多篇散文。20世纪90年代末，白阿莹创作了《红剑》电视剧剧本，是话剧《秦岭深处》剧本和《长安》长篇小说的姊妹篇。

白阿莹（李国庆/摄）

梦行云·星沉赤旅怀功昌

黑云漫天布。

河山怒。

兵勇赴。

枪林出入，战旗穿烟雾。

久经征战拼生死，英雄功绩著。

抚今忆昔，戎途多舛，红星照、风雨路。

追思情切，德馨后人慕。

送君西去音容在，杜鹃啼血处。

【链接】

王功昌（1921—2025），是与党同岁、与党同心、身经百战、奋斗一生的老红军战士，享年103岁。1935年5月，14岁的他加入中国工农红军陕北独立师第三团少先队，1943年在绥德抗大总校学习并入党。解放战争时随部队南下，先后参加攻打邓县、解放襄樊、千里挺进大别山等战役。1948年11月，为牵制国民党张淦、黄维两兵团，他作为指导员，带领九连立下特等功。

王功昌百岁留念（王仲良/摄）

功昌书院（石春兰/摄）

捣练子·读贾平凹先生《丑石》有寄

黄土掩,绿苔留。
落入山沟丑似牛。
常见岂堪何所欲,无怨无怒亦无忧。

【链接】

棣花古镇有一块陨石,贾平凹先生曾为之写下一篇散文《丑石》,被收入北师大版语文课本。

贾平凹（王立志/摄）

天来丑石（石春兰/摄）

遥寄高建群先生（词二首）

（一）浣溪沙·骑士踏歌归

一路诗情酒满杯。
金秋骑士踏歌归。
轻寒花艳笛声吹。
越野风云连大漠，驱车欧亚望熹微。
阳关西出不徘徊。

（二）临江仙·万里快哉风

（徐昌图体）

一曲花红歌者，真情无愧英雄。
绿杨疏影岂成空？
岸边驼队去，绝唱壮金风。

万里迢遥丝路，何寻荒漠迷踪？
远山凝翠气如虹。
诗心盈朗月，走笔寄归鸿。

【链接】

被誉为浪漫派文学"最后一个骑士"、《最后一个匈奴》的作者高建群先生，2018年秋参加丝路品牌万里行活动，由古丝路起点长安抵达阿姆斯特丹。旅途中，每天都有一篇美文发于朋友圈，其中在法兰克福的演讲《东方与西方是一个汽车轮子的距离》和一篇讲述《花儿为什么这样红》歌曲诞生的故事，读后令人感叹不已。见到孟建国兄所填《临江仙》一词："朵朵花儿红若许，远方醉倒英雄。浩歌绵邈动云空。一条欧亚路，万里快哉风。大漠关山魂梦里，几度丝货兵戎。骆铃清脆贯长虹。古今同一月，朗朗照征鸿。"遂亦和之，并遥寄建群先生，祝他旅途平安！

高建群

七绝　读秋隆兄题桃园好友群欢聚诗

情寄桃园逸兴长，华章纪盛绘春光。
群贤雅集闻新曲，花绽枝头满院芳。

【链接】

2019年新年，秋隆兄为桃园群欢聚，有感作《桃园拜贤记》："三秦功勋人物榜，桃源双贤列其上。赵兄国乐传绝响，肖师丝路文采扬；问君何来衰年创，笑言自由气轩昂；拂尘随心游万仞，精骛八极逐华章；功勋有当贤淑伴，教授李姐张大娘。贝尔新秀紫罗兰，诗文英才秘书长。桃花园中亲情浓，枝繁叶茂风物长。蜂飞蝶舞处处花，酿醉秋隆米兰香。"随后，肖云儒先生挥毫书之，并续一联云：秋高气乃清，日隆光弥远。遂以文墨双宝赠送桃园群各家以为纪念，传为佳话。

笔者与赵季平、肖云儒、刘维隆等好友合影（秦友／摄）

《桃园拜贤记》

长生乐·贺肖先生"儒雅长安"展并祝八五寿诞

古邑冬阳暖馆堂。

儒雅韵悠长。

墨香盈室,一脉溯珍藏。

忆昔云程鹏翼,德艺双彰。

才情尽显,新著频呈读华章。

三秦独树,纵笔汪洋。

声名久远传扬。

逢寿诞、八五醉壶觞。

愿君风采依旧,西部咏流芳。

【链接】

2024年12月8日,"儒雅长安:肖云儒文化研究历程展"在西安建筑科技大学贾平凹文学艺术馆盛大开幕。此次展览展出了百余件展品,涵盖著名文化学者肖云儒的生平简介、作品年表、研究著作、书法作品、史料报纸及成长照片等。

85岁的肖云儒是国家级有突出贡献专家、"德艺双馨"艺术家。他发表作品超700万字,评论过400多位作家艺术家的作品,在西部文化和文学艺术领域成果显著,开创了相关理论体系,作品被译介到英、美、日、澳等国,在海内外颇具影响力。

他的书法作品线条灵动、墨趣盎然,文化底蕴深厚,生命力强,多次在意大利、南非等地展出,被国内外多家博物馆、美术馆收藏。

肖云儒（钟欣／摄）

江城子·贺毓贤路兄《骈璜作璧集》再版

奇书开卷墨流芳。

韵飞扬。

意悠长。

诗语机巧、骈璧绽华光。

集句成联添雅趣，存古意，笔锋刚。

【链接】

路毓贤所著的《骈璜作璧集》极具创新性与文化价值。其体例新颖，上帙为"借古抒怀"，下帙是"篆联遣兴"，把书法对联的视觉美感与经典诗词的文辞魅力完美融合。

题材也别具一格，书中集句联语均是将前人诗词旧句重新拼集组合，用以表达全新意境。内容丰富多元，"景语"聚焦山川景致、四季风光的描写，"情语"则侧重于生活感悟与积极向上情感的抒发。集句时间跨度大，上起魏晋，下至现代，且都出自名家之手。

书中633联集句，是作者依据自己在1981年至2021年间翻阅诗词时的摘录笔记集编而成的。下帙精选作者书法作品，含12副五言篆书联、47副七言篆书联，兼具钟鼎金石与篆书的苍古雄浑，与上帙的联句相辅相成，相映成趣。

路毓贤（闫斐/摄）

满江红·贺邱宗康大姐《金文形意书〈易经〉》出版兼怀星翁

岁月悠悠,存雅韵、邱门长守。

想当日、星翁启智,墨香盈袖。

数载临池循古意,半生习字成师友。

喜传薪、才女继先尊,声名久。

金文妙,形意透。

呈《易》典,毫锋镂。

念亲恩似岳,德馨长佑。

庭训谆谆提耳畔,书风熠熠彰奇构。

愿此后、宝卷永流芳,辉台斗。

【链接】

同里好友邱宗康,曾任陕西省书协副主席兼秘书长,幼时受家学启蒙,后师从欧阳中石研习书法。她主攻商周金文,上溯岩画,旁涉美术,融合多种元素形成"金文形意"风格,将《周易》与金文书风结合,致力于传承传统文化,在书法领域成果显著。

令先尊邱星,浙江吴兴人,自幼习字,在篆书领域颇有建树,是备受尊敬的书坛前辈。他少年时受吴大澂影响,研习篆书,抗战时接触钟鼎铭文,实现艺术突破。1949年后定居西安,创"金文型大篆"风格,常题"爰以金文形意书之"为跋。97岁时辞世。

邱星（秋子/摄）

南乡子·观刘文西先生《黄土深情》画展

（格五、欧阳修体）

古朴秦风。

展卷苍茫意万重。

陕北千姿皆入画，情浓。

点染河山气自雄。

艺苑寻踪。

翰墨留痕岁月融。

甘苦自知须细品，心通。

同忆宗师德望隆。

【链接】

"黄土情深——刘文西原作夏季交流展"于2024年5月24日至6月2日在延安刘文西艺术馆举办，展出其40余幅人物、花鸟、山水绘画原作及书法作品，旨在弘扬其创作精神，为书画爱好者搭建交流平台。

刘文西（1933—2019），生于浙江嵊州，长期在陕西工作。他作为黄土画派创始人，以画陕北风情和人物闻名，作品生活气息浓郁，艺术风格鲜明。

刘文西（李国庆/摄）

玉楼春·赞王西京先生国粹三部曲

舞韵翩跹歌曼妙。

水墨勾描情未了。

梨园人物唤风云,脸谱传神肝胆照。

多少武林千古傲。

笔下功夫弘艺道。

先生健笔绘三章,国粹传承稀世宝。

【链接】

王西京是著名画家与美术教育家,现任中国画学会副会长、陕西省文联副主席等重要职务。长期以来,他致力传统水墨人物画的当代革新,在笔墨技法、章法构图上不断探索,还从多个领域拓宽人物画题材,创作了"中华历史文化名人系列""革命领袖系列""丝路文化系列"及"国粹三部曲"(舞韵、梨苑、武林系列)等作品。这些努力让传统人物画在当代重焕生机,助力优秀传统文化走向世界,也让王西京成为在海内外颇具声誉的艺术家。

王西京（李国庆/摄）

念奴娇·国风丝路

（苏轼"大江东去"体）

国风流韵，管弦曲、多少春花秋意。

莫道时艰，埋饿骨，犹见槐乡旧址。

大宅重门，庄周梦蝶，好汉英雄气。

绵绵思绪，笛吹山径幽寺。

心向丝路迢迢，写长安雁塔，凉州千里。

广漠孤烟，萦落日，人赞丹青神技。

雨润楼兰，龟兹醉曼舞，叹奇惊异。

魂牵西部，玉成音画双艺。

【链接】

2018年10月10日晚，在西安音乐厅举办的"丝路国风——赵季平作品音乐会"，以民族管弦乐演绎了中国音协原主席赵季平先生创作的《国风》《古槐寻根》《庄周梦》《大宅门》《女儿歌》《好汉歌》等乐曲，特别是克里斯丁·沃斯演奏的萨克斯协奏曲《丝绸之路幻想组曲》把音乐会推向高潮。这首曲子是赵季平在20世纪80年代为纪念其父、长安画派创始人之一的赵望云先生情系丝路、几度西行写生的艺术人生而创作的。

赵季平（李国庆/摄）

采桑子·贺"陕西历史文化百部丛书"出版

皇皇百册三秦史,著述经年。

鼎力攻坚。

亲历艰辛视等闲。

古今文化传薪火,造福民间。

雅俗同观。

开卷书香溢满园。

【链接】

2009年,三秦出版社出版"陕西历史文化百部丛书",邀请时任中国作协副主席的陈忠实担任主编。这是首套以陕西地域历史文化为题材的原创大型丛书,分为华夏始祖、青铜世纪等8个序列,共1500多万字。

作为总策划人,笔者与出版投资人、编撰团队的专家学者历时8年,完成了这部丛书的出版发行。它以"一书一名人,一书一故事,一书一景观"为特色,由名家依据史实撰稿,不仅展现了周秦汉唐的辉煌文化,还对陕西近现代主要历史人物题材进行了深度挖掘,兼具专业性、学术性、科普性与可读性,图文并茂、雅俗共赏,被誉为"陕西历史文化的百家讲坛"。

值得一提的是,这项宏大的文化工程是在无政府资金投入的情况下,完全靠民间运作完成的,被媒体称作陕西史无前例的一项文化创举。

"陕西历史文化百部丛书"

参加"关学文库"在京首发式有怀（词二首）

（一）天净沙·关学鸿篇

史经八百余年。

大儒关学鸿篇。

踵武山高水远。

集成文献。

溯源心慕先贤。

（二）浣溪沙·民胞物与

论道关中数十年。

设坛化育着先鞭。

民胞物与尚仁贤。

张子正蒙驱蔽惑，西铭警世礼为先。

横渠四句震人寰！

【链接】

宋代张载在家乡陕西眉县横渠聚徒讲学，创立宋代四大学派之一的关学，成为北宋理学的奠基人之一，对中国哲学史和关中思想文化史做出巨大贡献，在中国学术思想发展史上占有突出的地位，并对11世纪后的中国哲学思想发展产生了积极的影响。笔者有幸忝列于"十二五"国家重点图书出版规划项目"关学文库"组委会，参与了47卷丛书在京的首发式。其间，文库总主编刘学智先生还将其专著《关学思想史》签名赠予笔者。笔者甚为此盛事以及张载"为天地立心，为生民立命，为往圣继绝学，为万世开太平"之气度、情怀和宏愿所感动，遂填词以抒怀。

"关学文库"首发式（李国庆/摄）

一剪梅·重读《西安历史地图集》

史海遗踪图上描。

展卷端详，思绪如潮。

山川城邑几更迁，往昔兴衰，天地昭昭。

秦汉隋唐迹未消。

岁月悠悠，疆域迢迢。

长安怀古意难平，过眼风云，更看今朝。

【链接】

《西安历史地图集》是古都西安首部历史地图集，由我国现代历史地理学创始人之一、著名历史地理学家史念海先生主编，1996年8月由西安地图出版社出版，荣获第三届国家图书奖提名奖。该地图集的出版得到时任市领导的大力支持，以89幅地图、89张图片搭配简洁文字，清晰呈现了西安及关中地区各时期自然与人文地理景观的演变。内容涵盖自然环境变迁、新旧石器及商周遗址、周部族迁移、历代政区设置、国都城市布局、宫苑陵墓分布等，极具学术价值和社会意义。它为西安的经济发展、旅游资源开发、城市规划建设、古都风貌保护和环境整治等提供了珍贵的历史信息。

史念海（闪石达/摄）

重阳宫冬词（二首）

（一）武陵春·纪念《王重阳年谱》出版

秦岭云深寻旧影，九百载悠长。
道启全真绽慧光。
仙迹忆重阳。

春去秋来天地转，德范久传扬。
济世仁风浩气彰。
千古启玄黄。

（二）沁园春·贺重阳书院成立

鄠邑平原，万寿宫中，旗指八方。
忆全真师祖，重阳风范，道心澄澈，德泽绵长。
九百余年，诞辰又至，书院新开映瑞光。
凝眸处，正群贤致贺，再谱华章。

同心润教弘扬。
行大道、传承意未央。

做交流研讨，创新守正，利民济世，文化担当。

叶茂花繁，拨云见日，各界宾朋聚一堂。

瞻前路，愿中华国粹，古韵流芳。

【链接】

重阳书院，位于鄠邑区全真道祖庭重阳万寿宫内。书院以文化润教为宗旨，坚持道教中国化方向，弘扬中华优秀传统文化，开展道文化学术研讨，从事文化创意及交流。2025年1月21日，适逢王重阳诞辰912年纪念日，重阳书院成立暨《王重阳年谱》一书发行仪式在此举行。特填是阕以贺之。

重阳宫（石春兰/摄）

重阳宫（石春兰/摄）

破阵子·读王子今先生"秦亡之鉴"有感

评说秦师黩武，终成霸业称孤。
力扫诸侯疆域统，虎视山河气势殊。
威名震八区。

怎奈严刑酷法，空遗黔首哀吁。
楚地凄凉燃烈火，仁义何施举国无。
山崩社稷枯。

【链接】

读2024年11月27日《中华读书报》文化周刊上中国人民大学一级教授王子今先生《秦亡史鉴四题》一文，文章归纳总结秦王朝"其兴也勃"，"其亡也忽"；"仁义不施，而攻守之势异也"；"黔首化为盗贼"，"秦所以二世十六年而亡"，成为中国历代封建王朝兴亡的周期律。窃以为然，故填是阕以寄慨。

王子今（李国庆/摄）

甘州曲·情系西部

（顾夐体）

家严携我到长安。

吟灞柳，望秦原。

梦萦西部度韶年。

帆举再承前。

兴智库，随想忆张骞。

【链接】

2016年初夏，耄耋之年的陕西省委原书记张勃兴，将创建18年的"陕西中国西部发展研究中心"理事长的重任交与我，希望能依托西北大学和陕西其他高校及社会力量，建立咨政建言、服务决策的政产学研平台，把中心建成西部高端新型智库。8年来，我们一群退而不休的"60后"披挂上阵，与各方贤达踔厉奋发、笃行不息，为西部大开发和秦岭生态保护调查研究、建言献策。2023年底，经陕西省社科联组织专家评审遴选，中心入选陕西省首批高端智库。

笔者与陕西省委原书记、中心创始人、原中心理事长张勃兴和陕西省政府原常务副省长、中心创始人、原中心常务副理事长张斌以及陕西省人大常委会原副主任、中心高级顾问邓理在一起（李红雨／摄）

秦岭之殇调研有感（词二首）

（一）天净沙·秦岭之殇

诸君遍访春山。
忍看遭受摧残。
百孔千疮惨然。
椎心呼唤。
上书同盼重拳！

（二）忆江南·秉笔呼吁

秦川梦，千载感天人。
目睹劣行批作伪，笔诛邪气敢求真。
肝胆照黎民！

【链接】

2013年3月至7月中旬，笔者牵头对秦岭北麓生态环境保护的现状进行了认真调研，与8位省政府参事一起跋山涉水，直接深入村组、林区、建筑和采矿现场，取得了大量数据和第一手资料，发现秦岭北麓存在着较为严重的滥采滥挖、乱占乱建、乱排乱放、乱砍乱伐的问题，遂写成调研报告并附以几百张照片，报给了省委、省政府。后来，秦岭的"四乱"问题屡禁不止，引起中央媒体和高层的关注。数年后，这一乱象终于得到铁拳整治。

秦岭（黄会强/摄）

水调歌头·贺西部中心荣膺陕西高端智库

岁序悄流转，喜鹊唱枝头。

同心精进，日积赢得智坛俦。

九八呕心初创，力克千难不辍，矢志未曾休。

社科高端立，荣耀属秦州。

陈良策，谋远略，解民忧。

调研秦岭，频出成果展鸿猷。

踏勘黄河两岸，助力城乡百业，妙想绘金瓯。

且待辉煌续，勋业写春秋。

【链接】

陕西中国西部发展研究中心成立于1998年9月，2016年从西安交通大学转隶至西北大学，实现关键跨越。2024年11月26日，被省社科联正式冠名为"陕西省社会科学高端智库"，其实力与价值备受认可。

研究中心以中国特色社会主义理论为导向，重视公共政策研究，以服务党和政府科学民主依法决策为使命，旨在深度参与西部发展，成为党和政府信赖的高端智库，为陕西及西部的高质量发展出谋划策。

在学术和实践方面，研究中心围绕大秦岭保护、黄河流域发展等重大课题开展研究，产出了许多有价值的成果。如《大秦岭论丛》深入剖析了秦岭生态与发展的关系，《把秦岭生态发展安全三位一体列入国家战略研究》以及亚开行技术援助项目《秦岭国家公园淡水生态系统保护与修复的机制与策略研究》等提供了战略视角和技术规范，还有聚焦生态难题、丝路文化、工业历程等不同主题的研究成果及其专著，助力西部发展。

在组织架构上，研究中心体系科学完善，设有理事长、执行理事长、副理事长、秘书长，下设多个研究院，广泛聚集高校、科研机构、政府的专家学者，形成多元协同的创新研究格局，为产出高质量成果筑牢根基。

接贤宾·谢黄维院士就任有句

当今学界冠高名。

建功耀群星。

创新拼搏奋进，硕果丰盈。

幸邀贤俊同襄业，今膺重任欢情。

引领前沿谋远略，倾心助力同行。

守初心，肩使命，筑梦启征程。

【链接】

2024年末，陕西中国西部发展研究中心荣幸邀请到中国科学院黄维院士担任学术委员会名誉主任。黄维是中国有机电子等学科的开创者，提出有机半导体p-n能带调控理论，发现有机超长磷光材料，率先开展第三代太阳能电池研究，取得了诸多开创性成果，拥有超260项专利。他在国内外柔性电子领域的学术地位显著，是美国、俄罗斯等七国外籍院士，在软科学研究方面也颇有建树。

黄维（西工/摄）

庆金枝·亚开行技援助力秦岭生态保护

亚行援助来。

聚才俊、共商裁。

三年心血护秦岭，淡水映苍苔。

国园建设新生态，献良策、筑平台。

碧波澄澈避天灾。

百里绿屏开。

【链接】

由陕西中国西部发展研究中心组织的亚开行技术援助项目《秦岭国家公园淡水生态系统保护与修复的机制与策略研究》最终研讨会于2024年底召开，多方代表齐聚一堂，为秦岭国家公园的未来发展提供科学指导和政策建议。本次亚开行技术援助项目历时三年，执行机构为省财政厅，实施机构为省水利厅、省林业局，由陕西中国西部发展研究中心协调组织课题研究。该项目聚焦秦岭国家公园淡水生态系统的保护与修复，是顺应时代发展需求、保障国家生态安全的关键之举。本次研究成果为秦岭国家公园的后续建设提供了有力支持，为国际生态保护领域贡献了中国智慧和经验。

秦岭（晏子/绘）

应急吟（词二首）

（一）甘州曲·应急践行感怀

（顾复体）

数经危急破难关。

常警醒，久钻研。

著成专论忝为先。

深悟续新篇。

前事鉴、悉力保平安。

【链接】

笔者在负责省市三个机关大院的日常运转和管理的18年间，经常奉命到现场协调处理突发事件。从2000年开始，笔者结合数十次亲临现场的经验，以问题和需求为导向，研究应急管理中的重大现实和理论问题，先后出版了《应急决策论》《话说应急决策》《应急管理十日谈》《应急百例警示录》《应急管理一百例》《白与黑——应急演讲沉思录》等数部著作，成为国内这一领域较早的研究者、探索者、传播者、推动者之一。

（二）相见欢·应邀哈佛谈应急

应邀哈佛交流。

术相谋。

援例精微辨析、探深幽。

决策定。

破瓶颈。

去殷忧。

善用快刀巧力、解犀牛。

【链接】

2012年11月15日至17日，笔者应美国哈佛大学肯尼迪学院邀请，到波士顿做应急管理的学术交流和访问，并在哈佛第三期"中国文化沙龙"上做了《历史三峡又一程——中国应急管理思路和路径的思考》演讲，引起业界积极反响。11月22日，人民网和《中国日报》等媒体对此做了报道。

主持2018年国际应急管理学会中国委员会年会（石春兰/摄）

笔耕有寄（诗词三首）

（一）长相思·夤夜笔耕

笔含情。

墨含情。

灯下挥毫拟政声。

融融暖意萦。

雾千层。

浪千层。

谨守清风须笃行。

海潮随月升。

（二）七言 卸任寄语

为僚笔耕数十载，八年数聚共晤谈。
枢机经国溯渊源，史有尚书逐云烟。
陈言革故当去伪，风气鼎新应领先。
策令古来求异彩，公文今日得承传。
位卑身正勿谄媚，居安思危任在肩。
语达雅时意骏逸，质于敦处情笃坚。

卒章妙句须显志,素朴真言可成篇。
辅政秉书留佳作,拟文莫忘效前贤。

(三)竹枝词·寄言诸君并答友

公文写作倡新风,务去陈言假大空。
民众喜听真实话,寄言诸位不盲从。

【链接】

　　笔者在省市党政机关先后从事了 20 多年的政策研究和公文写作等以文辅政工作。2007 年 2 月经中办推荐,中国公文写作研究会选举我为会长,2012 年 7 月连任,至 2017 年 7 月卸任。笔者在全国公文学界连续十年评选表彰优秀公文和论著,大力倡导并推动"短实新"的文风,致力推动中国公文写作研究的系统化、科学化和现代化,受到中央机关的充分肯定。卸任之际,先后收到副会长何新国和李文娟发来的诗作:"大雅秋行拜草堂,恭迎诗圣点评章。竹枝爱唱民间调,转变文风问老乡。""公文年会已入秋,老友新朋再聚首。细雨叮咚甘霖畅,清风劲舞众为谋。"

在公文写作研讨会上（石春兰/摄）

五律　甲辰秋夜（两首）

（一）

清秋一镜悬，风月忆长安。
水阁摇星汉，云窗列绮筵。
夜寒初结露，波静欲生烟。
如此幽人意，焉能不向前？

（二）

何处秋光好，龙年月色新。
长风吹五岭，清影漾三津。
国运长安望，民心共富均。
同斟壶里酒，圆梦度良辰。

【链接】

中秋月圆夜，龙年意更长。月上西楼，宫兔银装，桂影婆娑落短墙。在这满载千年文化的节日里，家国情思萦怀，笔者不禁索句遣兴。

永宁门秋夜（苟秉宸/摄）

桂殿秋·同僚欢聚

秋色里，喜相逢。

重阳远望晚霞红。

同僚忆旧时飞逝，鹤发欢颜对暮风。

【链接】

笔者以不惑之年进入西安市委"南院"工作，在此度过了2400多个日日夜夜。甲辰重阳节，市委办公厅组织活动，又见到曾经朝夕相处的同事，苍颜已改鬓毛衰，同忆趣事乐开怀……

南院（石春兰/摄）

朝玉阶·丈八沟寄怀

时暮清秋月未圆。
木樨花已尽，紫云轩。
行经幽路别华年。
林间归宿鸟、起溪烟。

笔耕犹忆旧毫笺。
三秦多少事，敬前贤。
回眸独语辨因缘。
再游曾识地、意恬然。

【链接】

甲辰暮秋，笔者又来到久违的丈八沟宾馆，参加亚开行技术援助项目《秦岭国家公园淡水生态系统保护与修复的机制与策略研究》的最终成果评审。故地重游，恍如昨日，往事已矣，叹人生如梦。

丈八沟宾馆（石春兰／摄）

钟灵　长安风雅

醉花阴·礼赞工匠精神

秦俑展厅凝目处。

钢构摩云竖。

忆父盛年时，创业劬劳，沥血倾心赴。

激情岁月西迁路。

穹顶精工铸。

四十八春秋，网架巍峨，匠艺同遐慕。

【链接】

参观秦始皇陵兵马俑一号坑时，笔者久久地凝望着大厅的钢结构网架屋顶，心潮起伏！因为那是先父当年任总工的西北金属结构厂的杰作！导游说："这屋顶48年来从未维修过，其技术水平和工程质量堪称一流！"正如导游所言，笔者的父亲作为第一代西迁人，不仅为陕西，更为世界钢结构网架做出了贡献。维诚长兄作《醉花阴·参观秦兵马俑一号坑》云："始皇兵马难飞步。霸主终归土。夜月照弓梁，穹顶凌霄，风雪经年护。古今妙手人皆慕。工匠传无数。先父赴西迁，科技酬秦，身去芳如故。"笔者亦和之，致敬先辈，礼赞中国工匠精神！

秦始皇陵兵马俑一号坑（张文庆／摄）

闲趣有寄（诗词四首）

（一）盆中绿意

半尺盆中绿意浓，花香四溢引群蜂。
青藤新叶随风舞，又见瓜圆绽笑容。

（二）绿意沁心

满目葱茏入碧天，几经风雨水成渊。
遍身暑气皆消尽，且远尘嚣对月眠。

（三）闲吟索句

秋雨潇潇打叶声，闲来吟句伴徐行。
微醺欲诉心中意，何觅新辞写此生？

（四）如梦令·窗台农夫

青菜叶萌尚幼。
藤蔓随风牵袖。
晨暮理三回，偏爱丝瓜消瘦。

依旧。

依旧。

不忍煮汤入口。

闲趣（石春兰/摄）

七律　重阳节奉二老登高有吟

沣峪庄园绿意融，桑榆未晚夕阳红。
古城钟磬声声远，秦岭风光处处雄。
一带翠峰连画里，数行归雁入诗中。
陪同二老登高处，极目八方秋色浓。

【链接】

2002年重阳节，笔者奉陪父母亲来到沣峪山庄，这里距秦岭北麓的渭河发源地鸡窝子很近。一路上友人老张为二老热情讲解，夕阳西下时分登上最高峰，在分水岭上拍照留念。往事如昨，转眼过去23年了，先父已故去15年，家母今年也98岁高寿了，是以记之。

夕阳红（石春兰／摄）

长江黄河分水岭（黄会强／摄）

兄弟酬唱长安城（词二首）

（一）雨中花慢·和长兄《灞桥秋意》

（格一，苏轼体）

今日陪君游历，灞柳轻风，极目云烟。
鹭集绮园花放，钓客情闲。
车往人来，时逢五一，赏景同欢。
眺岛映碧水，清波荡漾，拍岸亭前。

心随燕阵，何哀霜鬓，更羡振翩翩。
春已暮、一枝犹艳，逐梦依然。
崇塔唐风古韵，天人合一长安。
长兄知我，马驰原野，畅想无边。

［原玉］雨中花慢·灞桥秋意

（格四，步韵柳永体）

灞上临风，桥边逝水，秋意渐已阑珊。
感商声萧瑟，花瘦河宽。
尽记得、儿时到此，急忙过、未知闲。

在溪滩玩耍，戏闹狂奔，骚动难安。

而今白了鬓发，怕孩孙笑我，编柳为鬟。
　　此时正归来，东望雄关。
眼前景、依稀不辨，邀同窗、欲返前欢。
但徐行默默，忽生愁绪，莫问何端。

（桂维诚作于癸卯秋月）

浐灞半岛（黄会强/摄）

（二）醉花阴·和长兄《大唐不夜城》

灯影玉阶长夜永。

携友神游骋。

行在绿茵中，火树银花，如入琼瑶境。

与君共醉酬诗兴。

追梦寻乡井。

天上月团圞，看遍繁华，雁塔禅房静。

［原玉］醉花阴·大唐不夜城

甲辰暮春回故土。

家山千里路。

雁塔近身前，久觅唐风，应在园中驻。

弟兄对酌偕欢语。

灯影明楹柱。

闲步赏芙蓉，疫后归来，花艳香如故。

（桂维诚作于甲辰暮春）

【链接】

大唐不夜城步行街，位于西安市雁塔区的大雁塔脚下，始建于2002年8月，北起大雁塔北广场，南至开元广场，东起慈恩东路，西至慈恩西路，街区南北长2100米，东西宽500米，总建筑面积65万平方米，是全国唯一一个以盛唐文化为背景的大型仿唐建筑群步行街，为西安地标性景区。

大唐不夜城以盛唐文化为背景，以唐风元素为主线，建有大雁塔北广场、玄奘广场、贞观广场、创领新时代广场四大广场，西安音乐厅、陕西大剧院、西安美术馆、曲江太平洋电影城四大文化场馆，大唐佛文化、大唐群英谱、贞观之治、武后行从、开元盛世五大文化雕塑群，是展示和体验西安唐文化的首选之地。

大唐不夜城（黄会强／摄）

迎春乐·依韵长兄《乙巳贺岁》

龙归蛇舞人欢笑。
春节至、非遗耀。
溯殷商、礼俗渊源早，
经岁月、情难了。

送吉语、祥光普照。
团圆宴、祖孙围绕。
庙会人头攒动，共庆新元好。

［原玉］迎春乐·乙巳贺岁

灵蛇衔穗祥光绕。
喜鹊叫、梅枝俏。
看人间、处处迎春早。
贺岁语、声声好。

忆旧岁、风霜皆扫。
盼此际、愁烦都了。
愿友朋皆顺意，福禄同君抱。
（桂维诚作于乙巳春节）

【链接】

2024年12月4日,"春节——中国人庆祝传统新年的社会实践"列入联合国教科文组织人类非物质文化遗产代表作名录。

春节历史悠久,源于殷商时期岁末年初的祭祀活动,承载着中华民族的历史文化,蕴含着人们对美好生活的向往等情感。传统活动从腊月二十三持续到正月十五,有扫尘、贴春联、吃家宴、拜年、逛庙会等。

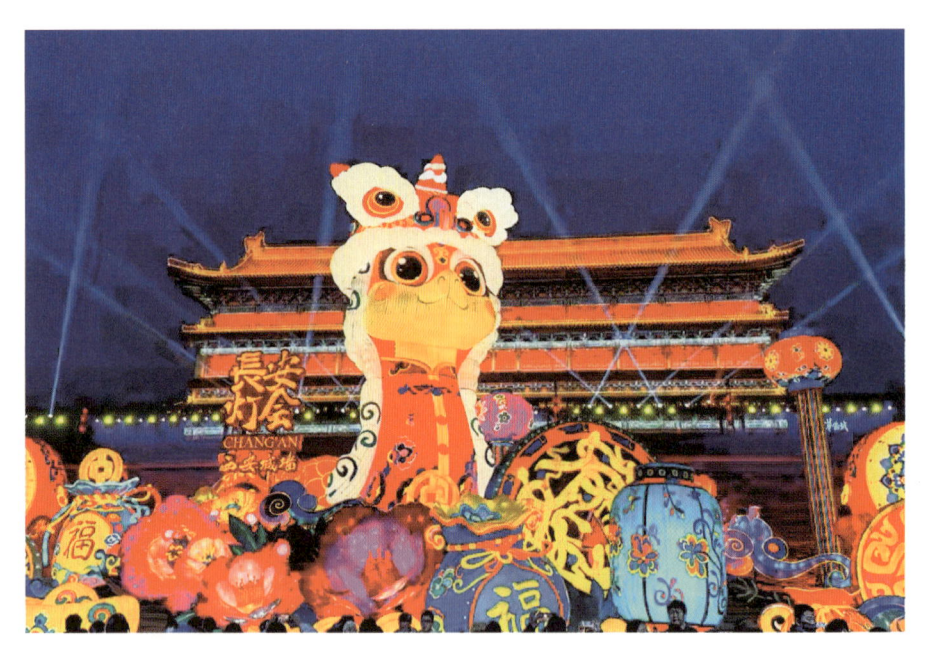

城墙灯会(李国庆/摄)

城墙灯会（石春兰/摄）

长寿仙·和长兄四弟共祝高堂

瑞景春朝。

感茂德高堂,祥霭扶摇。

播芳辞岁月,渐鬓白心憔。

育得芝兰尽孝。

任劳无改慈颜貌。

历尽暑寒,更温情召唤,子女归巢。

一路追风奔跑。

正岁杪迎春,全家欢笑。

庆筵赞巧烹,碗碟列佳肴。

共祝时光静好。

母亲长寿人难老。

欢喜健安,愿椿萱、翠绕天际云霄。

[原玉] 寿阳曲·题家慈春节照

团圆乐,岁月长。

宴宁坊、影中神旺。

慈颜笑舒神矍爽。

待期颐、福临堂上。

（桂维诚作）

七言·新春感母恩

瑞气盈门共贺春，萱堂九八福长存。
持家克俭恩无尽，育子含辛德有痕。
从职经年勤奋度，谋生更赞任劳身。
五儿一女皆成器，三代诸孙亦和敦。
乙巳迎祥花烂漫，甲辰辞旧恙祛根。
母慈孩孝亲情厚，岁岁安康笑语温。

（桂维平作）

高堂近照（桂子/摄）

毓秀

泾渭新章

―――

访易俗社文化街区（词四首）

（一）捣练子·古调新弹

梨园曲，化民风。
豪气秦声唱念中。
莫道板胡梆子老，教坊名角百年红。

秦腔《关中晓月》剧照（卜杰／摄）

秦腔《吕布与貂蝉》剧照（苟秉宸／摄）

（二）如梦令·千古秦腔

华夏正声千古。

四处敲梆击鼓。

燕乐社班传，誉满陕甘沿路。

新谱。

新谱。

秦地劲风歌舞。

秦腔《杜甫》剧照（卜杰／摄）

（三）浣溪沙·百年经典

一曲新词《软玉屏》。
《貂蝉》《看女》净心灵。
观《三滴血》现原形。

《双锦衣》夸佳构显，《柜中缘》赞巧思成。
四维教化冀昌宁。

秦腔剧照（黄会强/摄）

秦腔剧照（苟秉宸/摄）

（四）南歌子·易俗社文化街区

（张泌体）

巷尾秦腔唱，街头鼓乐萦。

百年老店久风行。

寻觅旧门新貌，世人惊。

【链接】

西安易俗社原名"陕西伶学社"，是著名的秦腔科班，与莫斯科大剧院、英国皇家剧院并称为世界艺坛三大古老剧社，创始人孙仁玉。

近年来开发的易俗社文化街区位于西安市钟楼附近，是一个融合秦腔艺术展演、博物馆展示、戏曲教育传承于一体的特色文化街区，成为古都西安发扬秦腔艺术、展示城市魅力的重要窗口和城市新名片。

秦腔（黄会强／摄）

水调歌头·西安高新区寄怀

昔日绿畴处，转瞬起琼楼。

关中新景，硅谷长卷展宏猷。

培育奇花丰果，推出新方妙策，产业绘金瓯。

改革先锋号，蓝海荡方舟。

创新港，拓热土，竞上游。

聚宝筑梦，汩汩活水涌泉流。

智慧蜂巢荟萃，数字融通添翼，云算胜高筹。

放眼星光道，科技立潮头。

【链接】

1991年，西安高新技术产业开发区获批为国家级高新区。正是当年西安市决策者的高瞻远瞩，使这片679.4平方千米的土地自20世纪90年代起，就走在全国体制与技术创新的前列，其影响力经久不衰。时任领导经常深入高新区共商发展策略，自主创新项目不断涌现，历任园区负责人踔厉奋发、砥砺前行，创造了非凡业绩。回顾当年创业历程，一路高歌，从艰难摸索到如今的全新产业布局，从引入知名企业到培育本土龙头，科研强区，人才会聚，现已成为西安经济发展的重要支柱，2023年GDP占全市的27%。未来的丝路科学城、中央创新区等规划已逐步落地，高新区的发展必将更上层楼。

西安高新区（李国庆/摄）

一剪梅·琴韵汇古城

雅乐丝弦动古城。

大圣遗音，各派争鸣。

抚琴弹瑟伴歌吟，玉润珠圆，天籁长萦。

律奏《高山流水》声。

《秋风词》里，《唱晚》潮生。

《平沙落雁》《广陵》遥，《白雪》《樵歌》，尽诉衷情。

【链接】

"古琴雅集系列音乐会"是陕西新闻广播联合西安美术学院古琴学会共同推出的一项文化品牌活动，旨在弘扬优秀传统文化，树立文化自信，谱写新时代文化艺术新篇章。2017年和2018年，连续举办了"古韵新弹 声动长安""高山流水遇知音""丝路琴韵汇长安"等古琴名家音乐会，在全国颇具影响力。

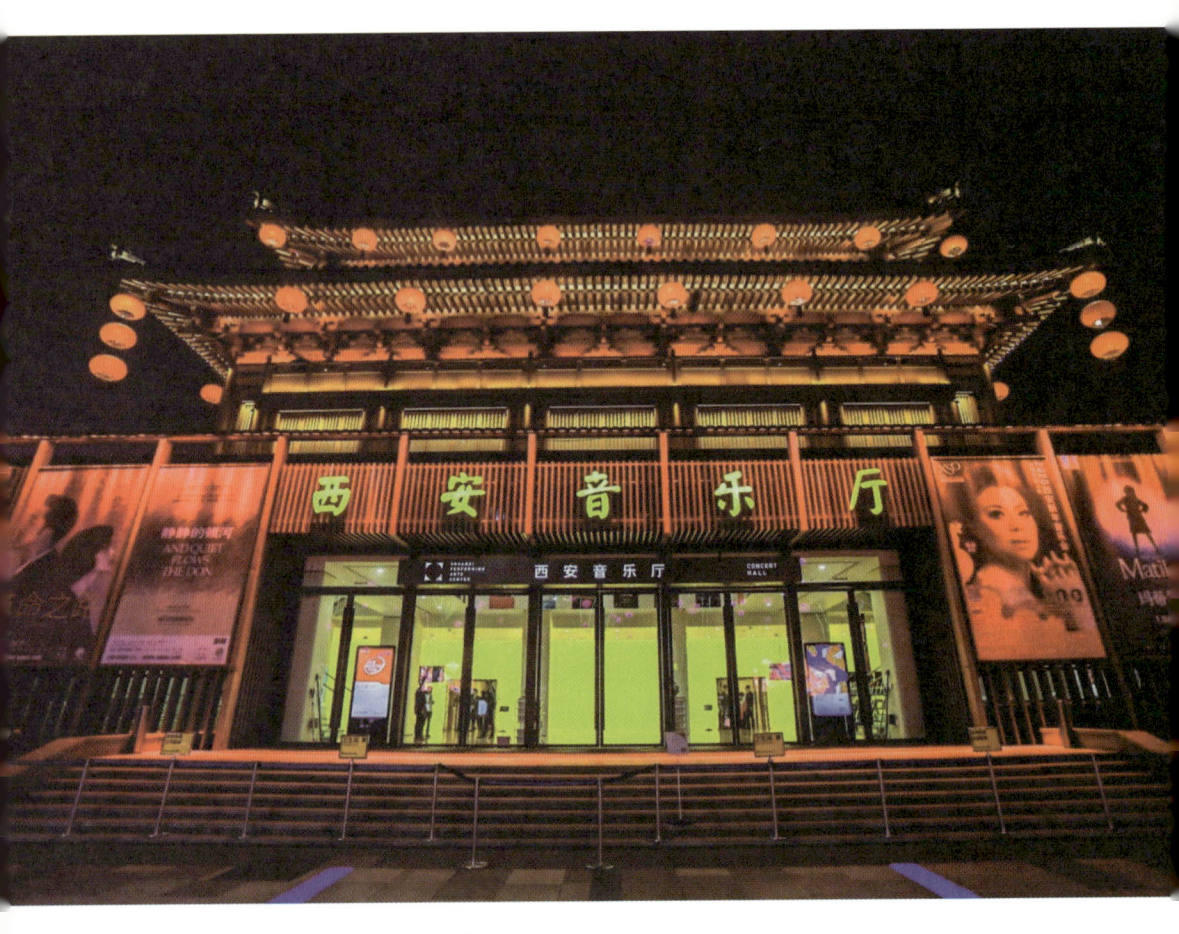

西安音乐厅（黄会强/摄）

江城子·庆祝改革开放四十周年暨新年音乐会（二首）

（一）

一声唢呐送隆冬。

顶寒风。赞青松。

长安钟鼎、丝路再寻踪。

四十春秋天地动，秦岭上，尽葱茏。

（二）

星移斗转岁匆匆。

气如虹。

接苍穹。

牧歌芦笛、鼓乐醉芙蓉。

云涌三秦闻序曲，春已近，盼东风。

【链接】

为庆祝改革开放40周年，2018年12月28日晚，由陕西省委宣传部、陕西省文学艺术界联合会、陕西省音乐家协会主办的2019陕西新年音乐会，在西安音乐学院音乐厅隆重举行。音乐会不仅展示了陕西的音乐文化魅力，也体现了人们对改革开放历程的深刻铭记和发自内心的庆贺。

春晓曲·长安古乐

悠扬角徵宫商羽,
　笛管笙箫绕户。
早春时节奏华章,
　一曲长安传万古。

【链接】

　　长安古乐又称西安鼓乐,是我国保存最完整的大型民间器乐乐种之一,至今已有1300多年历史,被称为"古代的交响乐"和"音乐活化石"。它的演奏形式有坐乐和行乐,乐器包括笛、笙、管、鼓、锣等,曲目丰富多样,有《鼓段子》《打扎子》《引令》等。东仓古乐社、城隍庙古乐社、何家营古乐社和南集贤古乐社是长安古乐非遗传承的重要代表。

长安鼓乐（张文庆/摄）

虎年新正感怀（诗词四首）

（一）采桑子·喜迎立春

（李清照体）

天高风疾云飞渡，寒野冰霜。

寒野冰霜。

久盼晴明、朝日出东方。

城开疫去春来早，草吐鹅黄。

草吐鹅黄。

梅绽枝头、岭下现春光。

（二）七律　元宵之夜

虎岁新正三五夜，红灯高照鼓楼台。

只缘旧岁瘟神去，方得长街贵客来。

十里八乡人接踵，千杯万盏酒盈腮。

行吟池苑春凉沁，一树梅花月下开。

（三）捣练子·喜乐元夕

灯续昼，玉壶光。

歌动长安舞亦狂。

街巷春满烟火气，万家元夜共琴觞。

（四）鹧鸪天·新春感怀

送别青牛又一年。

迎来金虎谱新篇。

春回大地千门乐，福到人间万户欢。

山竞秀，海安澜。

南疆北国共尧天。

北京冬奥春来早，雪道风驰竞向前！

【链接】

经历了疫情的艰难时期，壬寅虎年（2022）春节的到来，不仅是传统的节日庆典，更象征着人们对健康、平安和美好生活的强烈愿望。人们更加珍惜团聚的时光，希望在新的一年中生活能够重新焕发活力。联合国秘书长古特雷斯在视频致辞中，首先用中文向全球华人致以最美好的祝福。古特雷斯说："老虎象征着力量强大、生气勃勃、勇气十足、坚韧不拔、果敢无畏。这些都是我们今天面对前所未有之挑战所需要的品质。"

雪夜（黄会强/摄）

大唐不夜城迎春灯展（黄会强/摄）

临江仙·贺新春体坛喜事（二首）

（徐昌图体）

（一）冬奥之约

冬奥今宵逐梦，风云际会空前。
燕京牵手又开篇。
鸟巢传友谊，圣火映欢颜。

璀璨夜空如画，难分天上人间。
雪花融汇五连环。
冰墩迎远客，光影伴无眠。

（二）女足亚洲杯夺冠

新岁初征奏凯，神州巾帼英姿。
风云多变起惊雷。
遇强拼力搏，奋起更穷追。

苦战不甘落后，攻防绝杀神奇。
争锋赢得亚洲杯。
铿锵谁可比？惊艳赞玫瑰！

【链接】

　　虎年新春恰逢北京冬奥会，雪上英雄捷报频传。在印度孟买举行的女足亚洲杯决赛中，中国队以3比2战胜韩国队，又一举夺冠。中国的运动健儿们用拼搏写下赛场辉煌，用黄皮肤凝聚世界目光，用中国红展示东方魅力。笔者情不自禁地为运动健儿们加油呐喊、点赞助威。

冬奥之约（黄会强／摄）

天仙子·长安十二时辰

袂影衣香迷曼舞。

凌波欢唱歌无数。

长安十二好时辰,夜如故。

奏钟鼓。

溢彩流光花满树。

【链接】

2022年4月30日,全国首个沉浸式唐风市井生活街区——"长安十二时辰"在西安大唐不夜城曼蒂广场正式开街。从深耕唐朝市井文化,到复刻长安的繁华过往;从专属产品开发设计,到全业态一站聚合,长安十二时辰呈现了一个原汁原味的全唐市井生活体验空间,雅俗共赏的唐风主题休闲娱乐互动空间,以及琼筵笙歌的主题文化宴席沉浸空间。2023年,它与大唐不夜城步行街一同上榜全国沉浸式文旅新业态示范案例,共同展现了千年古都的历史文脉和文化轴线,凸显了西安的城市精神和文化意象。

长安十二时辰文化街区（卜杰／摄）

立冬感赋（词四首）

2024年11月7日，适逢立冬，笔者考察了西安市重点建设项目，深为感佩，遂填词四阕，为之点赞！

（一）锦园春·工地一瞥

鹿鸣塬下。

交通枢纽站，筑基廊厦。

四处机鸣、势如追奔马。

城东俊雅。

路飞转、接连高架。

滚滚车流，多层轨道，风姿潇洒。

【链接】

目前正在火热建设中的西安东站，是西北地区特大型铁路综合交通枢纽，连接西十、西康、西延三条高铁，是陕西"米"字形高铁网中南、北及东南三个方向的连接点，是西安"四主一辅"（西安北站、西安站、西安东站、新西安南站和西安西站）铁路枢纽的重要车站。全面建成后，西安东站将成为集高铁、普铁、城际、地铁、公交等交通运输方式于一体的特大型综合交通枢纽。

西安东站工地（石春兰／摄）

（二）渔歌子·体验地铁 8 号线

环绕古都疾似飞。

四通八达送客归。

联调网，显神威。

穿城换乘任来回。

【链接】

西安地铁 8 号（环）线是全市轨道交通线网中最重要的骨干线路，也是线网规划中的唯一一条环线，线路贯穿雁塔、莲湖、未央、新城、灞桥 5 个行政区，连接曲江新区、高新区、经开区和浐灞国际港 4 个国家级开发区。线路全长 49.9 千米，设站 37 座，均为地下站，其中换乘站 13 座。8 号线在 2024 年底正式开通后，将在二、三环路之间形成一条快速便捷的客流换乘通道。

西安地铁8号线（苟秉宸/摄）

（三）鹧鸪天·"长安号"中欧班列

呼啸西行出国门。

铁流浩荡壮昆仑。

十年班列凭驰骋，一路欢歌竞疾奔。

连欧陆，步轻云。

襟山带水共晨昏。

长安丝路联今古，商旅新开绝塞尘。

【链接】

中欧班列"长安号"，是西安始发的国际货运班列，已常态化运行18条国际干线，实现了亚欧主要货源地的全覆盖。从驼铃相闻到班列飞驰，从立柱架梁到联通万里，中欧班列（西安）正加速铺展，成为西安全面开放的"龙头班列"、贸易繁荣的"黄金班列"、美好生活的"幸福班列"。

"长安号"中欧班列（苟秉宸/摄）

（四）风入松·赞长安硬科技

古都科技创新强。

精彩飞扬。

赋能产业前程远，强优势、独占风光。

秋暮天高云淡，领头群雁成行。

着鞭催马向东方。

一望无疆。

几番耕作勤培育，历艰辛、硕果盈筐。

开启破题新局，宏图振奋华堂。

【链接】

西安致力打造新动能强劲的国家科技创新城，2024年获国家科学技术奖励30项，居全国前列，全球创新指数跃居第18位，技术合同交易额自2022年起连续三年每年增长30%。

西安科技馆(郭勇/摄)

天仙子·水润长安

（皇甫松体）

晴野八川秦岭汇。

环绕长安如经纬。

亭台印月欲追云，霞彩蔚。

游客会。

山水润城人尽醉。

【链接】

　　西汉文学家司马相如在著名的辞赋《上林赋》中写道："荡荡乎八川分流，相背而异态。"描写了汉代长安上林苑的巨丽之美，以后就有了"八水绕长安"的说法。

　　环绕长安城的八水指的是渭、泾、沣、涝、潏、滈、浐、灞八条河流，它们在西安城四周穿流，均属黄河水系。渭、泾是其中两条大的河流。渭河是黄河的最大支流，发源于甘肃省渭源县，于陕西潼关县注入黄河。泾河是渭河的最大支流，干流发源于六盘山东麓宁夏回族自治区泾源县，于高陵区陈家滩汇入渭河左岸。其余的六水都是从秦岭中流出的，直接汇入渭河。然而由于时代变迁，如今浐河已成了灞河的支流，滈河成为潏河的支流，潏河又与沣河交汇。

水润长安（黄会强/摄）

水润长安（黄会强/摄）

黑河引水工程感赋（诗二首）

（一）七绝　黑河引水三吟

须知引水进西安，多少艰辛历万难。
义务挖渠凭众力，施工处处笑声欢。

严冬围堰锁微澜，夏日拦河治水滩。
横越终南穿峪口，引流跃上少陵原。

长渠汇聚蔺家湾，峪漫溪烟碧水湲。
如涌山泉来不易，曲江流韵揽云还。

黑河水库（黄会强/摄）

（二）七律　金盆大坝开闸

断流溪涧未相连，久盼甘霖数十年。
三伏水荒生怼恨，四时旱魃困江川。
建渠织网同劳作，筑堰疏沟共克坚。
重会金盆今聚首，五河汇合送清泉。

【链接】

自古以来，西安就有"八水绕长安"的美誉，但现代以来，随着城市规模扩大、人口剧增，供水日趋紧张。城区内虽建有数个自来水厂，但水资源仍严重短缺。不少单位打自备井，市民多饮用苦咸的高氟水，导致地裂缝扩展，大雁塔倾斜，城墙、钟楼基座开裂。

1980年，西安市政府向陕西省政府报送了《关于解决西安城市用水需要，开发黑河水源的报告》。1987年12月，经国家计委批准，黑河引水工程在距西安86千米的黑河口拉开了序幕。这是新中国成立以来西安投资最大、规模最大、周期最长的城市基础设施项目。

按照分期建设、逐步收益的原则，工程分为两期建设，包括建设两座水厂、一座高坝、一座水库和全长86千米的输水暗渠以及搬迁仙游寺，实现黑河、石头河、石砭峪、田峪、沣峪"五水并流"等配套项目。20世纪90年代初，市上动员部队官兵、机关工作人员、学校师生，以及市民进行义务劳动，完成了近百千米的暗渠管网基础工程。1995—1997年，西安连续三年大旱，自来水断流，出现严重水荒，数十万市民用水困难。时任全国政协副主席钱正英视察后，发出"抢救西安"的呼吁。国家和省市将黑河引水列为基础设施建设的重中之重，加快工程进度。其间，笔者随省市领导多次前往工地慰问、现场办公，亲历了古城西安生命线工程建设的重要节点。

经过十多年的艰苦奋斗，2001年12月黑河引水主体工程竣工，日均可向西安供水110万立方米，占城市供水的70%左右，结束了古城水荒的历史。

黑河引水工程（钟欣/摄）

画堂春·南水北调滋关中

高堤澜锁紫微中。
群山翠绿空蒙。
深流潜静叹神工。
长堰如虹。

此水南来波漾，繁滋百业兴隆。
汉江济渭逐飞鸿。
世上称雄。

【链接】

引汉济渭工程，是继黑河引水进西安之后，国家"十三五"规划的重大水利工程，旨在将长江最大的支流汉江的水调入黄河的最大支流渭河，实现长江和黄河两大流域之间的水资源互通。该工程极大改善了关中城市用水和陕北地区的生态环境，其意义不亚于两千多年前秦人开凿的郑国渠。

引汉济渭工程（黄会强／摄）

"三河一山"绿道行（词四首）

（一）醉春风·漕渠驿

绿道连云岫。

河边春驻久。

长屏驿站绕堤行，走。

走。

走。

鱼戏犹欢，鹭飞离渚，草荣花秀。

早起逢晴昼。

轻风香满袖。

沁芳觅句得灵犀，嗅。

嗅。

嗅。

泉注清溪，激湍流远，一川烟柳。

漕渠驿（黄会强/摄）

（二）春光好·太乙驿

（欧阳炯体）

堤上路，护滩长。
渭河旁。
流彩泛金春色满，竞芬芳。

曲渚白沙细浪，兰溪流水汤汤。
杨柳依依春燕舞，醉山乡。

太乙驿（黄会强/摄）

（三）捣练子·沣滈驿

水云美，贯河渠。
仪祉湖边可结庐。
行走画中情款款，傍河绿地自高疏。

沣滳驿（黄会强/摄）

（四）如梦令·渼陂湖

印迹潜流风起。

涌动碧波十里。

倒影两终南，白泽石雕神矣。

可喜。

可喜。

正见花繁霞绮。

【链接】

西安"三河一山"绿道，以灞河、渭河、沣河和秦岭丰富的自然历史人文资源为依托，以水质提升、河道治理、路网连通、城市增绿、生态修复、文化保护为重点，旨在提升城市品质和居民生活质量。2021年4月30日，西安"三河一山"绿道建成，向市民开放。

"三河一山"绿道全长293千米，是一个综合性的生态慢行系统，连接了西安绕城高速，途经10多个行政区和4个生态带，沿途串联了103个生态节点和42个人文历史遗址，并规划建设了109个休憩驿站，为市民提供了一个可以欣赏自然风光、体验历史文化、进行休闲活动的绿色生态长廊。

渼陂湖（卜杰／摄）

朝玉阶·为助力成渝西协同发展建言

辞岁西风数九天。
一枝梅正放，美娇颜。
凭何知暖报春先？
悠悠秦岭事、挚情牵。

拟提方案荐真言。
西成三角势，待开篇。
经营谋划赖群贤。
共商圆梦计、望川原。

【链接】

2025年新年伊始，西部发展研究中心的同人假座西安曲江不夜城，与几位师长冬夜叙旧，聊及全国区域发展战略东、南、北的大三角格局已成，而新时代西部大开发，成渝西应成为一极，这与中心先前的大秦岭生态发展安全三位一体的研究异曲同工，故本中心应为将此列入国家战略而积极建言献策。

冬夜共话成渝西协同发展（钟欣／摄）

五绝 与老友重阳游斗门(七首)

(一)摩天轮

高旋日可摩,大辂入天河。
鸟瞰沣东景,云山寄慨多。

摩天轮(石春兰/摄)

（二）诗经里

芳街隔短墙，水榭桂花香。
同吟诗经句，秦风古韵长。

诗经里（石春兰/摄）

（三）玉镜台

小院石桥通，临窗落叶红。
御风连象外，岁晚碧云空。

玉镜台（石春兰／摄）

（四）汉楼船

汉武上艨艟，穿池气势雄。
出师西海梦，霸业怅秋风。

汉楼船（石春兰/摄）

（五）泛舟游

神池细雨霏，鸟影掠云飞。
画舫连天远，余晖掩翠微。

泛舟游（石春兰/摄）

（六）鹊桥仙

星河夜正长，七夕会牛郎。
天地迢遥隔，纤云逐远方。

昆明池鹊桥（卜杰 / 摄）

（七）茗香馆

世事岂多乖，心平气自谐。

茗香分百味，顾影对长阶。

【链接】

斗门——这个名字起源于西汉，历经千年，念起来满满都是故事感。这里曾有过中国历史上第一座规模宏大、布局整齐的城市——丰镐，周礼就在这里诞生；这里还有"鹊桥凌波含情脉脉，汉堤锁烟芳草离离"的昆明池，丹鹤白鹭肆意颉颃，舟帆舫影渔歌不息。壬寅年（2022）中秋，笔者与20多年前共事的老友一同游赏斗门秀丽的秋日风景。

茗香馆（石春兰/摄）

醉花阴·白鹿原

邀友清明原上走。

杨柳垂丝秀。

乡路绕村中,竹节虚心,翠绿盈衣袖。

忽闻一曲秦腔吼。

十里穿云透。

乡俗见民风,黄土豪情,大碗添新酒。

【链接】

白鹿原是西安市境内的一个黄土台原,位于西安市长安区、灞桥区和蓝田县之间。因传说周平王迁都洛阳途中,曾见原上有白鹿游弋而得名。南依秦岭终南山,北临灞河,居高临下,是古城长安的东南屏障。汉文帝霸陵位于原上,故也称霸陵原。又因居灞水之上,古代又称霸(灞)上。

秦腔,别称"梆子腔""陕西梆子",是汉族最古老的戏剧之一,起于西周,源于西府,成熟于秦。秦腔的表演技艺朴实、粗犷、豪放,富有夸张性,生活气息浓厚,技巧丰富,充分彰显了赳赳老秦的淳朴、憨厚、实诚、正直、倔强、凌厉、刚猛、守成的民俗民风。

白鹿原（苟秉宸/摄）

蓝田春韵（词三首）

（一）家山好·访圪塔村

趁晴来赏古山村。
青云绕，塔留痕。
田间小径蜿蜒处，草芽新。
早梅绽，播清芬。

老槐枝上闻啼鸟，古树几年轮？
穿林出壑，清泉润石水粼粼。
春回日色温。

【链接】

圪塔村，地处秦岭北麓的汤峪河东岸，是全国温泉特色小镇汤峪景区的核心板块，现已与代寨、石坡村三村合并，命名为河东村。村中原有一座圪垯塔，故百姓仍惯称之为圪塔村。

圪塔村（石春兰／摄）

（二）蝶恋花·汤苑农业

汤峪新年春讯早。

藤蔓葱茏，绿地皆珍宝。

鱼戏清池波影耀。

田头盛景欢声绕。

心系故园情未了。

生态魔方，科技兴农妙。

直播电商销售俏。

观光研学人喧闹。

【链接】

西安蓝田汤苑现代农业园位于汤峪镇，占地55万平方米，紧邻秦岭，景色优美。园区与西安理工大学合作开展产学研，有28间厂房，配备智能温室、机井、调温设备。1500平方米的鱼菜共生园循环利用养殖尾水，产出的果蔬品类丰富，贝贝南瓜在城乡畅销。园区采用"公司＋合作社＋农户"模式，联合县内外合作社，借助电商和数字平台推广采摘游与线上销售，还开展亲子游、研学活动，年接待游客超万人次。

汤苑农业园（石春兰／摄）

（三）望远行·蓝田机场

喜见蓝田空港新。

银鹰云路梦无垠。

歌吟乐奏岁华春。

低空经济志酬勤。

东风劲，满乾坤。

往来南北接关津。

今朝创业历艰辛。

他年雄起壮三秦。

【链接】

西安蓝田机场位于汤峪镇八里塬，距县城14千米、西安市中心27千米。这是西北地区投资最大、西安唯一可自主空域起降固定翼飞机和直升机的A1级通用机场，跑道长1200米，占地943.55亩。2020年立项，2023年底试运营，2025年1月获名称与许可证。现已吸引10多家通航公司入驻，服务超30家企业。2024年安全飞行超240天，飞行架次破万，在西北地区排名靠前，前景可期。

蓝田机场（赵居阳/摄）

蝶恋花·赓续西迁精神

沪上风华歌一路。

召唤声中,热血青春赴。

多少艰难何畏苦。

扎根吐绿倾心付。

追梦长安终不负。

薪火相承,浩气存千古。

赓续精神同举步。

前程万里关山度。

【链接】

1955年,因社会主义建设和国防安全需要,国务院决定交通大学内迁西安,次年开启西迁。

交大人以国家利益为重,响应号召,舍弃上海优渥条件,传承办学传统,在艰苦环境中扎根办校。创立了"胸怀大局,无私奉献,弘扬传统,艰苦创业"的"西迁精神"。

弘扬西迁精神,激励知识分子把个人理想融入国家发展,激励科技工作者攻克难题,引导青年到祖国需要的地方去实现人生价值,以感召更多人才投身西部建设。

西安交通大学（李国庆/摄）

念奴娇·赞西工大总师摇篮

三秦灵秀,有西工学府,星河辉耀。

入海上天皆涉略,俊杰摇篮称妙。

遍布航空,总师过半,回首群英劭。

航天勋业,领军人物功表。

航海亦展锋芒,贤才辈出,踏浪千难扫。

桃李芬芳文化润,家国情怀雄浩。

双课堂开,军工共建,扎实根基好。

科研教学,迎来春色妖娆。

【链接】

西北工业大学被誉为航空航天航海"总师摇篮",国防科技人才培养成果丰硕。

航空领域,半数重大型号的总师出自西工大;航天领域,"三少帅"挑起"九天揽月"的大梁;航海领域,大批校友活跃于船舶和水中兵器等行业的关键岗位。

西工大的总师育人文化,以培养家国情怀与卓越领军人才为目标,通过"强化引领,依托双课堂,建强七要素,夯实三支撑"模式培育复合型人才。

学校教学对接国家需求,以"101计划"完善课程体系,深化实践教学,设立70余门综合课程,与百余家军工院所共建实训基地。

西北工业大学（李国庆/摄）

望远行·贺抱龙峪一日三试成功

翠岭蜿蜒峪口长，

欣闻三试验锋芒。

创新路远世无双，

声威呼啸震穹苍。

星相伴，月为裳。

九天追梦铸荣光。

今朝佳绩韵流芳。

来年勋业更昭彰。

【链接】

秦岭抱龙峪，于2005年1月建立了火箭发动机试车场，属航天科技集团六院165所的试验区，现有3座试车台。

抱龙峪群山环绕，地势有利于试车安全与数据采集，主要负责我国运载火箭液氧煤油发动机工艺验收试车，考核发动机性能，承担多种型号任务试验，助力新一代运载火箭发动机研发。

近年来，试验场通过数字赋能与技术创新，试车准备时间从5天缩短至2天，串行工序比例从86%降至60%。2025年1月19日，首次实现"一日三试"，完成两台120吨级和一台18吨级液氧煤油火箭发动机试车。

抱龙峪火箭发动机试车场（李国庆／摄）

于飞乐·一箭八星耀九天

赤焰冲霄，梦圆神箭飞天。

雷霆巨响惊寰。

破长风，连浩宇，直上云端。

银河璀璨，抬望眼、一路花繁。

四海为家，苍穹驰骋，攻坚迭代承传。

逐无涯，心致远，再写新篇。

星途竞渡，凭科技、勇毅登攀。

【链接】

2025年3月17日，我国在酒泉卫星发射中心使用民营火箭公司星河动力研制的谷神星一号运载火箭，成功将云遥一号55—60星等8颗卫星发射升空，卫星顺利进入预定轨道，发射任务获得圆满成功。

谷神星一号是星河动力的明星产品，直径1.4米，长约20米，总重约33吨，致力为商业微小卫星提供质优价廉的定制化发射服务。此次发射的成功，是中国航天四院固体火箭技术的又一次重要突破，也展示了民营航天企业在航天领域的强大实力和发展潜力。

谷神星一号运载火箭发射成功（司元／摄）

醉乡春·贺陕西考古博物馆开馆

郭杜建成新馆。

禅寺翠屏莺啭。

荟宝器,聚珍奇,千载物华呈现。

考古直追遥远。

历史风云变幻。

旧痕处,溯其源,梦追往昔同观展。

【链接】

陕西考古博物馆,位于西安市长安区郭杜街道,与佛教净土宗祖庭香积寺相邻,南望秦岭。2022年4月28日正式开馆。

博物馆占地约250亩,总建筑面积3.5万平方米,室内展陈区5800平方米,室外展陈区1万平方米。陕西考古博物馆常设展览以"考古圣地 华章陕西"为主题,分为四个篇章:"考古历程"展现了陕西考古从萌芽到成熟的过程;"文化谱系"以文物标本勾勒出陕西古代多元一体的文化脉络;"考古发现"汇聚石峁、杨官寨等遗址成果,青铜牺尊、上官婉儿墓志等珍贵文物精彩亮相;"文保科技"展示现代技术在文物修复保护中的应用。

陕西考古博物馆（李国庆/摄）

天下乐·探秘陕西历史博物馆秦汉馆

紫燕斗魁绕华馆。

目所触、兴赞叹。

熏炉铜蚕岁久远。

观文物、溯源秦汉。

竹简里、依稀字迹辨。

读历史、风云卷。

古今代代薪火灿。

烛千秋、春烂漫。

【链接】

陕西历史博物馆秦汉馆位于西咸新区秦汉新城,由张锦秋设计。其7座建筑按北斗七星布局,高台建筑以复道相连,尽显秦汉宫殿气势。

"天下同一——秦汉文明主题展"陈列分上下两层,从多方面展示秦汉文明,展出732件(组)文物,如造型精巧的鎏金银竹节熏炉、反映军事工艺的秦朝石甲胄、见证丝路的汉代鎏金铜蚕等。此外,还有遗址展厅"城与陵"与艺术展厅"技与美"。

陕西历史博物馆秦汉馆（罗红侠／摄）

西江月·秦岭博物馆

金凤近山霓影，丹江古驿游踪。

玉璋灵感筑楼雄。

瓦当秦砖凝梦。

厅内珍奇罗列，千年古韵情浓。

非遗精品意无穷。

永传人文火种。

【链接】

秦岭博物馆位于商洛市西大门门户区，紧挨着北新街与江滨大道。总建筑面积约4.38万平方米，由主建筑、非遗展示区、文创和游客服务中心以及广场地下室构成。其设计灵感源于历史文物，建筑外形取自夏代玉牙璋，中轴线参考秦代"商"字瓦当等，尽显历史与艺术的融合，成为秦岭文化的窗口。

秦岭展厅通过三大主线，展现大秦岭的自然生态和历史人文，以"山水秦岭 中央山脉""厚重秦岭 中华祖脉""守护秦岭 永续根脉"三大主线串联，展出1500余件（套）珍贵展品，囊括大秦岭域内六省一市的地质矿产、珍稀动植物以及古生物化石标本等，让观众仿佛置身于秦岭的历史长河与广袤山川之中。商洛展厅陈列着红陶泥人壶等镇馆之宝，讲述商洛历史文化；专题展厅举办特色主题展览；非遗展馆则展示商洛特色非遗。

秦岭博物馆（全玉民／摄）

定风波·赞文济阁

巨匠华章建筑新。

锦秋椽笔绘秦痕。

巧构精思融今古。

熔铸。

飞檐斗拱拂埃尘。

岁月有情行有路。

凝伫。

墨香漫卷正无垠。

且看阁中添胜景。

辉映。

中华文脉共传存。

【链接】

张锦秋,1936年生于成都,是著名建筑师、工程院院士,在西北建筑设计院任总建筑师。圭峰山下的西安国家版本馆文济阁是她的收官之作,为其辉煌的设计生涯画上了圆满句号。

她师从梁思成,设计生涯涵盖建筑创作与城市设计,代表作有陕西历史博物馆、大唐芙蓉园、长安塔等。她擅长将传统与现代融合,作品极具地域特色。比如陕西历史博物馆的仿唐建筑,尽显庄重典雅。张锦秋荣誉等身,获梁思成建筑奖、何梁何利奖等奖项,甚至还有以她的名字命名的小行星。

西安国家版本馆（黄会强／摄）

七律　典藏文济阁

圭峰千仞极京垓，文济池头鸟去来。
古木烟云秦岭月，翠崖奇石顶梁材。
琼林天禄传珍本，玉宇麒麟守戍台。
万卷诗书留种子，春光画境尽新裁。

【链接】

西安国家版本馆（文济阁）位于秦岭圭峰山下，于2022年7月30日开馆，是中国国家版本馆"一总三分"的西部分馆，是国家版本资源库和中华文化种子基因库之一。版本馆开馆后全面履行国家版本资源保藏传承职责，将载有中华文明印记和地方特色印记的各类版本纳入其中，着力打造一个独具特色的历史文化保藏、展示、研究与交流中心，秉持聚焦文化种子"藏之名山、传之后世"的主旨，力求山水交融、馆园结合，确保中华版本免遭各类灾害损毁，永久安全保藏。

西安国家版本馆（黄会强／摄）

玉蝴蝶·西安柴窑文化博物馆

瓷颜堪比青天。

澄澈镜光寒。

薄质透云笺。

清声落玉盘。

柴窑千古史，珍品久经年。

奇绝艺长延。

盛名寰宇传。

【链接】

西安柴窑文化博物馆坐落于西安曲江新区大唐不夜城开元广场西侧唐城墙遗址内，是国内唯一一个经文物部门批准的以五代柴荣皇帝御窑天青色瓷器展览和研究为主题的博物馆。

它的前身为 2009 年获批成立的中国首家"西安柴窑文化研究所"。馆内珍藏有五代耀州产天青釉瓷器，如天青釉牡丹双流壶、天青釉剔刻花双龙双凤壶等精品，充分体现了柴窑"青如天、明如镜、薄如纸、声如磬"的特色。博物馆邀请故宫中国瓷器鉴定泰斗耿宝昌等专家担任顾问，举办过中国柴窑文化高层论坛，被多所高校设为瓷器教学基地。

柴窑文化博物馆藏品（王建荣／摄）

天仙子·柳泉口桃花节

柳陌桃蹊无限意。

染红东岭溪谷地。

天高山远雾如烟，泉凝翠。

晓风醉。

蝶舞蜂飞花更媚。

【链接】

春暖花开时节，西安市鄠邑区柳泉口村都会举行桃花节。村东的景峪有清泉一眼，四周柳树成荫，因此得名。这里依山傍水，万亩桃林在春季相继盛开，美不胜收。每年3月27日至4月6日是桃花盛开的最佳时期，也是游客打卡的最佳时机。在这个时间段内前往柳泉口村，可欣赏到最美的桃花景色。

临江仙·西安万象城（二首）

（一）游购天地

曲江拔地琼宫起，旗幡摇曳云楼。

八方来客乐同游。

品牌时尚此间留。

汇聚珍奇呈百态，美肴佳酿欢酬。

行寻好景彩光柔。

繁花争艳目中收。

【链接】

西安万象城，位于曲江新区，2024年12月9日开业。占地138亩，建筑面积56.5万平方米，投资90亿元。地处中轴线南端核心，地铁2号线与8号线交会处，交通便利。

建筑融合传统元素，首创2.8万平方米陶釉立面。有近400间店铺，零售多元，首店、旗舰店占比近50%；餐饮汇聚各地名店；娱乐休闲有影院、屋顶花园等，室内设计融入了自然元素。

西安万象城（石春兰／摄）

（二）生命之树

眼前奇景无穷意，楼前一树擎天。

灯光虹影入云间。

七层枝叶半空悬。

古寺春秋银杏似，未曾苍老容颜。

枯荣随季阅千年。

自然生命两关联。

【链接】

西安万象城的标志"生命之树"，由托马斯·赫斯维克设计。树高57米，直径46米，60个叶片组成7层平台，呈螺旋状仿生造型，极具立体感。建筑整体用现代材料模拟树木质感，搭配灯光，形成迷人光影。而每层的观景平台，又是互动的社交空间。其设计灵感来自古观音禅寺的千年银杏，融合西安历史文化，象征着自然与生命。

生命之树（石春兰/摄）

绕池游·长安灯会

大唐不夜,水映华灯初照。
佳景焕,芙蓉绽奇貌。
龙蛇易岁,排阵张灯光耀。
女神花俏。
穿梭大道。

新妆倩笑。
尽显长安风调。
琴声起,高歌意难了。
无边妖娆。
鼓乐声中环绕。
雅俗同赏,上元旷抱。

【链接】

大唐芙蓉园举办跨年"长安灯会",从2025年1月22日(甲辰腊月二十三)直至3月16日(乙巳二月十七)。

灯会以五大上元篇章展现独特魅力:"上元张灯",数十米排灯与雄狮花灯亮起,全新芙蓉龙IP造型演绎唐人上元八景;"花影映宵",杏园布满芙蓉花、牡丹等花卉花灯,还有花仙子相伴;"绮罗粉黛"区域,仕女花灯尽现上元女神;"上元欢歌",多场乐舞演出搭配特色花灯,营造沉浸式踏歌盛景;"不夜长安""有凤来仪"等灯组与宫灯交织,勾勒出璀璨夜景。

春节期间，这里有《陕北说书》《五方狮子》等演出。正月初一到十五会举办万人灯谜会，正月十五还有千人元宵宴。游客还能参与写福字、贴窗花等传统民俗活动，体验投壶、射箭等唐风游艺。

长安灯会（石春兰／摄）

长安灯会（石春兰/摄）

临江仙·龙舞凤翔

月涌长河天阔，春山绿水盈盈。

西来神鸟欲飞腾。

耀州风浩荡，浴火又重生。

龙舞凤翔华夏，千年名酿传承。

国花瓷韵出新瓶。

陈炉醉古镇，丝路纵诗情。

【链接】

2024年1月，第19届不结盟运动峰会和"77国集团和中国"第二届南方首脑会议在乌干达圆满落幕。陈炉国花瓷之瓶盛装千年佳酿西凤酒，被作为国礼赠送给乌干达，在峰会上成为国宴指定用酒，使古长安的大唐国风和国花牡丹穿越时空，再现非洲。

国花瓷西凤酒亮相乌干达国宴（图为乌干达外交部部长 奥凯洛·奥里耶姆）

国花瓷西凤酒

南歌子·照金行

（毛熙震体）

照明金谷，溪山苦旅长。

槭枫荻草醉秋光。

远望丹霞溢彩、试红妆。

鸿雁凌空过，篱边野菊香。

凭栏书院月临窗。

灯映无边长夜、不迷茫。

【链接】

照金，位于陕西省铜川市耀州区西北部，地处桥山山脉南端。1933年，刘志丹、谢子长、习仲勋等革命前辈在此创建了我国西北地区第一个山区革命根据地——陕甘边照金革命根据地，是陕北成为红军长征落脚点和抗日战争出发点的摇篮。根据地旧址，包括薛家寨革命旧址、陈家坡会议旧址、红军兵营旧址（红军洞）以及后来建的陕甘边革命英雄纪念碑和照金纪念馆等。截至2019年末，纪念馆内藏品数量达571件（套）。

陕甘边革命根据地照金纪念馆（李国庆／摄）

山花子·马栏祭

雾霭千重野径幽。

曾燃星火遍山丘。

拯救苍生脱贫苦，忆春秋。

遗迹无声存浩气，丰碑有字记勋猷。

读史追寻英烈路，志难休。

【链接】

马栏革命纪念馆坐落于陕西旬邑县马栏镇，由习仲勋同志题写馆名，2011年建成开放。这里是土地革命时期陕甘边革命根据地的重要组成部分，在此诞生了中国工农红军第二十六军，也是抗日战争和解放战争时期陕甘宁边区的南大门与关中分区的政治、军事、经济中心。馆外设有主题浮雕和纪念碑；馆内通过文物、图片与现代科技，生动展示了这里的革命历史。

2024年清明节前夕，参加"弘扬红军精神"课题研讨会的专家一行，在纪念碑前敬献花篮，表达对革命先烈的缅怀和追思。

马栏革命纪念馆（石春兰／摄）

画堂春·临渭掠影

沈河古镇景更妍。

坑灰往事成烟。

唱酬挥笔萃文渊。

曲奏丝弦。

满苑葡萄多彩，下邽闾里酣欢。

天留星月醉飞仙。

千里婵娟。

【链接】

临渭区，隶属于陕西省渭南市，位于渭南市西南部，东与华州区相邻，南与西安市蓝田县相接，西与西安市临潼区相邻，西北与富平县接壤，北与蒲城县毗邻，东北与大荔县相连，因区政府驻地濒临渭河得名，素有"三秦要道，八省通衢"之称。这里有国内保存较为完整的秦始皇"焚书坑儒"的"灰堆"遗址。2023年金秋时节，笔者参加了渭南市临渭区委员会组织的"特聘委员进临渭"系列活动，对"三贤故里"（唐朝诗人白居易、名将张仁愿、宋朝宰相寇准）下邽镇的乡贤参与乡村自治活动印象深刻。

渭南老街（李国庆／摄）

华州春词（四首）

（一）渔歌子·华州

夜涨春潮又一年。
华州梦里忆前缘。
杨柳岸，杏花园。
燕飞莺啭醉心间。

【链接】

华州区，隶属陕西省渭南市，位于陕西关中平原东部、渭河下游，南跨秦岭山脉的华山山地，北居渭河之南的丰腴平原，地貌特征为"六山一水三分田"。华州区是毛氏远祖祖籍地，天下郑姓、郭姓之根。自2015年10月华州撤县设区以来，老城车水马龙，热闹繁华，绿树环抱，商铺鳞次栉比。新城街道宽阔，高楼林立，时尚而富有朝气。

华山南峰(苟秉宸/摄)

（二）捣练子·开发新区

规划毕，画图成。

塬上斜阳大道平。

曾记前贤开筚路，绿杨深处建华亭。

【链接】

2017年，由渭南高新区和华州区共同建设的渭南高新区东区正式启动。此后，这里开启了飞地经济发展模式，高新区和华州区协同发展，好似渭南这只大鹏展开双翅临空翱翔。

（三）忆江南·生态农业

河岸柳，花艳不胜簪。

三十六陂微雨季，二千余里艳阳园。

驰马走平川。

【链接】

渭南市华州区紧紧围绕"红色引领、绿色崛起"的发展思路，采用"党委＋村集体经济＋公司＋农户"的运营模式，整合生态、农业、文化资源，成功推动了"农业＋文化＋旅游"的产业联动，为乡村振兴注入了新的活力。

生态农村（苟秉宸／摄）

毓秀 泾渭新章

（四）归字谣·渭华起义碑

碑。
英杰当年起义时。
今非昔，绿满渭华池。

【链接】

在陕西省渭南市华州区高塘镇南堡村渭华起义纪念馆旁，巍然耸立着一座雄伟的标志性建筑——渭华起义纪念碑。纪念碑总高32.2米，由基座、主碑两部分组成，主碑高19.28米，下设5层台阶，寓意渭华起义在1928年5月打响。碑身为通体白色花岗岩，面朝西北方，示意渭华起义是西北地区最大的一次武装起义。纪念碑正面镌刻着邓小平手书的"渭华起义烈士永垂不朽"10个大字。纪念碑的基座四面镌刻着军民浮雕群像，镶嵌着西北工农革命军和陕东赤卫队的旗帜等。

渭华起义纪念碑（石春兰/摄）

抛球乐·百年酒庄

酒巷百年香。
龙驹意韵长。
彩云丹凤舞,流水映霞光。
景物秋来近,开怀共举觞。

【链接】

1911年,意大利传教士安西曼及其徒弟华国文引入欧洲工艺,在丹凤龙驹寨建立"美利酿酒公司",从事果酒酿造,这便是丹凤葡萄酒的源头。丹凤成为继张裕之后的第二个中国葡萄酒生产基地。龙驹寨"北通秦晋,南连吴楚,水趋襄汉,陆入关铺",借水陆枢纽的地理优势,成为客商云集的贸易重镇。

丹凤葡萄酒庄（黄会强/摄）

相见欢·皇塘逐花

皇塘遍地流霞。

夕阳斜。

处处蜜蜂飞舞、醉金花。

汉台美。

春江水。

枕鸥沙。

化蝶庄周圆梦、伴仙家。

【链接】

皇塘,位于汉中市汉台区金寨之南,相传是刘邦为汉王时,命丞相萧何所开,后曹参踵迹重修。因为刘邦行王道,兴修水利滋养百姓,所以这个池子被百姓们亲切地称为"王道池"。后来,西汉建立,刘邦称帝,当地百姓感念他的皇恩浩荡,就把"王道池"改名为"皇塘",并沿用至今。一年一度的油菜花节,使这里成为清明节前著名的旅游打卡地。

油菜花海（苟秉宸/摄）

相见欢·江塝茗园

晚霞绕岭云浓。
望长空。
燕子飞来入画、去无踪。

春山近,听流韵,望奇峰。
万垄茶园吐翠、尽葱茏。

【链接】

江塝茗园,位于陕西省西乡县峡口镇江塝村。自20世纪60年代中期始,江塝村从西乡县大河镇引进当地群体品种"大脚板"茶,开始从事茶叶生产,茶园面积从起初的100余亩,发展到现在的2.5万多亩,最为壮观的当属江塝茗园。

汉中印象（词五首）

（一）绕池游·天汉公园

汉江清澈，日暖风吹西岸。

登杰阁、园林入眸满。

无边湿地，惊叹新姿春焕。

夕阳桥畔。

几多浪漫。

凭栏意远。

展读前贤书卷。

心怡悦、沉吟几声慢。

邀朋同览。

共赏群芳撩眼。

尽兴游走，步移景换。

【链接】

天汉公园位于陕西省汉中市汉江两岸，是集生态修复、文化展示、休闲娱乐为一体的综合性城市公园，由文化公园和湿地公园组成，总面积约11.4平方千米，是汉中"一江两岸"城市会客厅的核心组成部分。

天汉公园（石春兰／摄）

（二）醉春风·汉中藤编

岭上青萝老。

经霜柔韧料。

千条穿织技高超，绕。

绕。

绕。

名冠秦巴，后人传艺，梓乡符号。

活态非遗好。

良顺藤编俏。

电商销售订单来，妙。

妙。

妙。

经纬含情，万山凝翠，富民开道。

【链接】
　　汉中藤编是国家级非遗技艺，以秦岭青藤为原料，经20余道工序手工编织而成。其千年技艺融合平编、缠扣等30余种技法，产品涵盖家具、文创等300余个品类，兼具实用与艺术价值。省级传承人陈良顺37年坚守，建立"良顺匠心"活态传承基地。2024年，藤编、竹编等"五编"销售额达1.43亿元，出口欧美、东南亚40余国，线上年销售额突破3300万元。

制作藤椅（石春兰/摄）

汉中藤编产品（石春兰/摄）

（三）玉堂春·黄官酒业

酒坊初肇。

洪武年间名号。

玉粒珠圆，毓秀藏娇。

洞里清泉，好水含锶素，不竭灵波酿酒饶。

十万陶坛文玩，精思描画标。

美器多情，尽显风华意，醉里时光韵久遥。

【链接】

黄官酒业肇始于明洪武元年（1368）的"李记酒坊"，踞于秦岭南麓的青龙河畔，为"酿酒醴泉"。此地金丝糯米颗圆如珠，历季候而灌浆，承山露以蕴香，黄官酒便由此二者合璧而成。黄官酒承"陕南黄酒酿造技艺"非遗之魂，2019年获"省级非物质文化遗产"认证，陶坛储酒规模达10万余口，为西北之最。坛身绘"汉中风物图"或刻"石门汉隶"，使酒器兼具文玩之美。

黄官酒业园区（石春兰/摄）

（四）思帝乡·汉中博物馆

闲游。

汉台烟树稠。

拜将古坛雄峙，伴貔貅①。

饮马池边行过，石门墨韵流。

千载帝家陵阙、一望收。

【链接】

汉中市博物馆位于陕西省汉中市汉台区，以"两汉三国"文化为脉络，由古汉台、拜将坛、饮马池三处历史遗存组成，浓缩了汉中作为栈道之乡和丝绸之路节点的历史精华，是展示陕南文化的重要窗口。

① "貔貅"代指韩信的军队。

汉中市博物馆（石春兰/摄）

（五）定风波·陕飞长歌

云栈深藏万壑中。
铁流频出破鸿蒙。
双翼穿云承使命。
　　驰骋。
银鹰呼啸裂长空。

雷达开眸巡四海。
　　无碍。
高频声呐锁潜踪。
一脉相连提质速。
　　争逐。
军民合璧聚千雄。

【链接】

　　陕西飞机工业有限责任公司是中国航空工业集团旗下的核心企业，是国内唯一集大中型军民用运输机、特种飞机研发制造于一体的军工企业，总部位于陕西汉中。陕飞是中国中型运输机与特种飞机的"国家队"，从三线建设起步，打造了运-9、空警系列等国之重器，年产数十架，带动了地方产业集群，目前正以智能化、绿色制造为导向迈进国际市场。

陕西飞机工业有限责任公司（石春兰／摄）

长相思·秋到汉江

古梁州。

昔金州。

湖岸滩头集白鸥。

霜天万里秋。

望城头。

上城头。

自有芬芳萦阙楼。

倚栏能解愁。

【链接】

汉江，又称汉水，为长江最大的支流，现代水文界认为其有三源：中源漾水、北源沮水、南源玉带河，均在秦岭南麓陕西宁强县境内，流经沔县（今称勉县），始称沔水，东流至汉中方称汉水，自安康至丹江口段古称沧浪水，襄阳以下别称襄江、襄水。

安康，古称金州，地处重要的南北过渡地带。早在夏代，安康属梁州的一部分。公元前312年，秦惠文王在安康设西城县，首置汉中郡，治西城。西晋太康元年（280）为安置巴山一带流民，取"万年丰乐、安宁康泰"之意，改安阳县为安康县，"安康"从此得名。

汉江（晏子/绘）

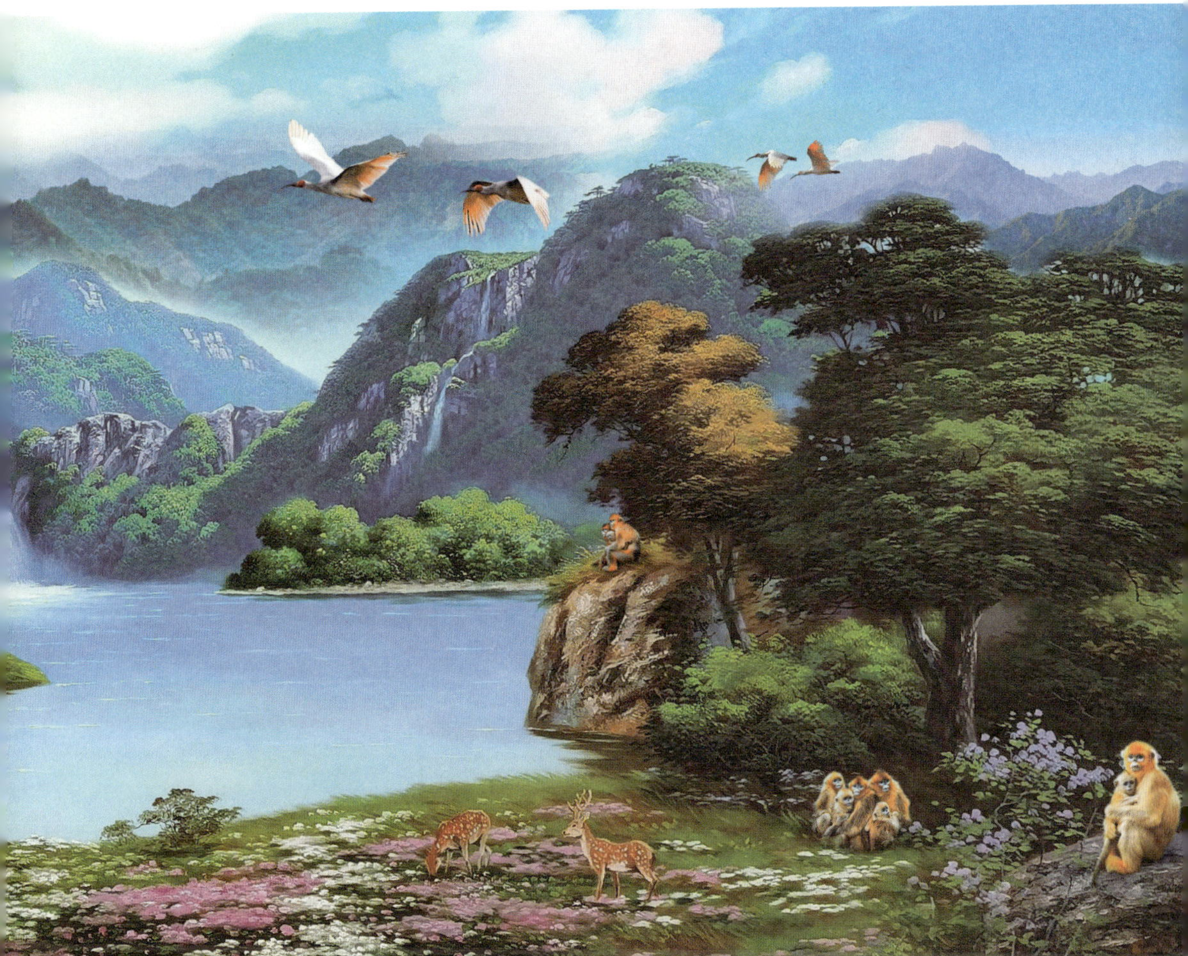

卷终诗

五言　中华龙脉

伟哉大秦岭，华夏亘其间。
中天砥柱立，文明始兴澜。
绵延千百里，巍峨终南山。
豳风记稼穑，泾渭清浊川。
古道贯南北，栈阁高欲攀。
惊鸿洛神赋，穿云石门关。
帝京春风里，壶觞可解颜。
诗经风雅颂，丝路频往还。
长安月一片，逸兴遍尘寰。
龙蟠九州上，祖脉佑轩辕。

中华龙脉大秦岭（苟秉宸/摄）

卷终诗